KB271381

잉카의 웃음, 잉카의 눈물

잉카의 웃음, 잉카의 눈물

2005년 3월 15일 초판 1쇄 인쇄
2005년 3월 22일 초판 1쇄 발행

지은이 | 이기식
펴낸이 | 孫貞順
펴낸곳 | 도서출판 작가
　　　　서울 서대문구 북아현3동 180-22 (우120-193)
　　　　전화 | 365-8111~2　팩스 | 365-8110
　　　　이메일 | morebook@korea.com
　　　　홈페이지 | www.morebook.co.kr
　　　　등록번호 | 제13-630호(2000. 2. 9.)

편집 | 이기라 손순희
디자인 | 오경은 김민정
영업 | 南鍾譯 설동근
관리 | 이용승

ISBN 89-89251-35-4

* 잘못된 책은 구입하신 서점에서 바꾸어 드립니다.
* 지은이와의 협의 하에 인지를 붙이지 않습니다.

값 10,000원

잉카의 웃음, 잉카의 눈물

사진·글_이기식

작가

다양한 시선 속에 내재된 따뜻함

사물을 대하거나 사람을 대할 때, 대개의 경우 사진기는 과거의 경험이나 반복해서 익숙해진 시선을 찾아간다. 이는 교육효과로서 쉽사리 그 끈을 끊기가 어려운 것이다. 또한 대상을 보는 시선 역시 음성언어라는 방식으로 자연스럽게 교육된 사상이나 감정을 찾아가므로 이미 정해진 생각에 대상의 위치를 변형시켜 이미지를 구성하는 것이다. 이런 경우 대상은 언제나 본질과 달리 왜곡되기 쉽고, 사진이라는 무의식적 언어가 의식의 언어로 뒤틀림으로써 관람자를 강요하는 효과를 수반하며, 사진에 나타난 이미지의 형식은 정형적이고 일반적인 형태를 형성하게 된다. 또한 내용에서는 시각적인 코드로 무엇인가를 지시하는 것이 아니라 문자언어 체계로 나타나 교육의 정도에서 벗어나지 못하게 해 획일적인 강요를 관람자에게 주입하게 된다. 이러한 강요의 틀은 사진이되 사진이 아니게 만드는 요소 중의 하나로, 이를 벗어난다면 비로소 사진이라는 시각언어를 사용할 수 있다고 할 것이다. 그리고 그 저변에 흐르는 일관성이 존재한다면 좋은 사진의 범주에 들어가게 되는 것이다.

여기 이 책에는 여러 사진들이 나타난다. 그리고 그 시선 역시 참으로 다양한 것들을 포착해 놓았다. 과거의 많은 사진가들이 보여 주었던 수많은 사람들의 모습과 풍경, 그리고 삶의 형태는 이미 질린 정도의 진부한 주제라는 틀임에도 불구하고 이 책에서는 그것을 벗어나 뭔가 다른 것을 보여 준다는 것이다.

우선 풍경을 보자. 이 책 속의 풍경에는 자연에 대한 아름다움과 경외감이 내포되어 있는 듯 보인다. 저녁놀의 놀라운 색과 물결에 부서지는 빛의 산란, 문명의 유적에서 보이는 엄숙함은 풍경이 단지 풍경에서 끝나는 것이 아니라 내재된 무엇인가를 나타내고 있는 것이다. 이는 자연이라는 대상이 사진가에게 던져 주는 것으로 승화된 삶의 한 단편들인 것이다. 단순한 감상에서 벗어난다면 그 이면에 흐르는 깊이가 느껴질 것이다. 사람의 모습에서는 더욱 놀랍다. 고통스러운 삶처럼 보이는 이들의 주변과는 달리, 찍혀 있는 대상인 사람은 삶이 척박한 환경에서도 얼마나 따스할 수 있는지를 드러내 준다. 순박한 눈동자와 이방인에 대한 미소는 사진가에게 던져 주었던 자연의 단편들이 사람의 모습에 스며들어 나타남을 의미하는 것이다. 또한 일부의 사진에서는 이들을 바라보는 단순한 인간적인 따스함을 넘어 지성으로서의 관찰을 나타내고 있다. 미지의 세계에 대한 탐구심으로 가득차 있는 일부 사진은 기록과 탐구 그리고 문화인류학적인 고찰까지 가능하게 보이는 참으로 탁월한 이미지들이었다. 게다가 기록에 충실한 사진도 나타나고 있으니 놀라운 일이 아닐 수 없다.

이기식의 사진에서 이렇듯 나타나는 여러 다양한 시선과 기록들에서 일관된 것이 있는데, 그것은 휴머니즘이다. 휴머니즘이라는 따스함을 기본으로 사진가는 여러 다양한 시선을 담는 데 성공한 것이다. 이는 페루라는 특정한 지역을 담았다기보다는 사진가의 마음 속에 담겨 있는 인류애가 드러났다고 하는 것이 옳다. 세상 어느 곳에서라도 이 사진가는 같은 시선, 같은 따스함이 사진 속에 녹아들 것이고, 이는 보는 이의 마음을 훈훈하게 할 것이다.

강요하지 않는 따스함과 일관된 휴머니즘은 이기식의 시각적 발전을 나타낸다고 생각되며, 삶을 대하는 자세와 왜곡되지 않은 시선은 척박한 세상에서 사진가에게 더 많은 것을 보여 달라고 요구할 것이다. 이는 어쩌면 카메라를 든 순간 그에게 주어진 의무일는지도 모른다.

삶에 대한 관조의 여유, 인간에 대한 신뢰와 애정은 그의 장점으로서 앞으로 무엇을 보여 줄지 사뭇 기대가 된다.

2005년 2월
사진가 이준성

머리말

　페루는 남미에서 가장 볼거리가 많은 나라이다. 선사시대로부터 잉카시대, 그리고 그 이후의 수많은 유적들이 나라 곳곳에 산재해 있기 때문이다. 페루는 나라 전체가 하나의 거대한 유적지이다. 또 페루에는 지구에서 볼 수 있는 모든 기후를 만날 수 있다. 열대우림지역에서 해안의 사막지역, 그리고 평균 해발 4천미터를 넘는 안데스의 고산지대가 그것이다.

　세계 7대 불가사의에 속하는 나스카의 대평원을 비롯해 수많은 유적이 있는 나라, 지구상의 모든 기후가 한 곳에 집결되어 있는 나라, 나는 여기서 살아가는 사람들을 만나고 싶었다. 그래서 이 곳의 대표적인 지역을 찾아서 이들이 살아가는 모습을 담았다.

　제 1부에는 아마존 유역의 정글에서 살아가는 사람들과 아마존 강가에서 수상족으로 살아가는 사람들을 실었다. 제 2부에는 연중 강수량이 1백밀리미터도 채 안 되는 건조한 사막지역인 태평양 해안 도시 리마와 그 부근에서 살아가는 사람들의 모습을 다루었다. 그리고 제3부에서는 안데스 산맥의 고산지대에 해당되는 쿠스코와 티티카카에서 살아가는 사람들을 담았다. 자연환경이 전혀 다른 이 곳에서 살아가는 사람들의 모습을 통해 페루인들의 다양한 모습을 보여 줄 것이다.

2005년 2월
저 자

kishik lee's photo _ 차 례

1. 열대우림지역

아마존의 정글

10미터가 넘는 아나콘다 뱀이 거구를 자랑하며 나무 사이를 어슬렁거리는 곳이다. 무시무시한 이빨을 자랑하는 악어가 먹거리를 찾아다니는 곳이다. 거대한 독뱀인 보시마스터가 언제든 달려들어 한방에 생명체를 끝장내는 곳이다. 그뿐이 아니다. 흡혈 박쥐가 있고, 물 속에는 사나운 물고기인 피라냐가 산다. 물론 아름다운 노래와 화려한 깃털을 자랑하는 금강앵무새가 살기도 한다. 온갖 종류의 원숭이가 이 나무에서 저 나무로 돌아다니는 곳이기도 하다. 이것이 아마존 정글의 모습이다.

사실 생각만 해도 겁이 덜컥 나는 곳이 정글이다. 정글의 온갖 무서운 장면은 이미 영화나 텔레비전을 통해서 익히 보지 않았던가. 언제 어디서 맹수가 뛰어나올지 모르는 곳이다. 좌우만 살피면 되는 것이 아니라 하늘도 바라보아야 한다. 높은 가지에 매달린 뱀이 언제 내 목을 노릴지 모르기 때문이다. 정글의 온갖 무서운 광경이 머리를 떠나지 않는다. 괜히 내 목을 쓰다듬어 보기도 하고, 발목을 한번 내려다보기도 한다.

그래도 지구의 정반대에서 날아 왔는데, 한번은 보아야지 하면서 용기를 내본다. 용기를 애써 내다가도 다음 순간이면 다시 망설여진다. 아직 죽을 나이는 아닌데 하면서. 여행 안내서를 다시 한번 더 읽어 본다. 정글의 위험은 그뿐이 아니란다. 온갖 독거미와 모기, 거기다 풍토병과 말라리아도 위험스런 놈이다. 어쩌나 하면서 또 며칠을 보낸다. 다른 사람들도 다녀간 곳인데, 나라고 가지 못하란 법이 어디 있을까 하면서 또다시 용기를 내본다.

아마존 유역의 정글에 가려면 이키토스라는 도시에 우선 가야 된다. 비행기를 타야만 갈 수 있는 곳이다. 이키토스는 자동차를 타고 갈 수 없는 세계의 도시 중에서, 가장 큰 도시이다. 밀림 속에 있기 때문이다. 그렇지만 작은 도시라고 생각하면 착각이다. 해발 130미터인 이 곳에 무려 40만여 명이 살고 있다. 물론 대부분의 사람들은 흥부네 집처럼 옹기종기 붙어서 산다. 큰 나라 사람이라고 모두 큰 집에 사는 것은 아니다. 러시아 사람들, 인도 사람들도 나라는 크지만 대개 작은 집에서 산다. 건축 자재가 비싸기 때문이다. 이키토스도 마찬가지이다. 정글에서는 흔하고 흔한 것이 나무이지만 이 곳은 사정이 다르다.

리마에서 비행기를 한 시간 남짓 타면 이키토스에 도착한다. 리마를 떠난 비행기가 조금 날아가면, 안데스 산맥의 만년설이 눈에 들어온다. 풀 한 포기 없는 산 정상에 만년설이 쌓여 있다. 그 하얀 눈꼬깔에 넋을 잃고 창 밖을 내다본다. 그러다 어느 새 진한 검푸른 색

깔의 숲이 눈에 띈다. 이 숲이 아마존 유역의 정글이다. 짙은 황토빛의 강이 그 정글을 가르고 지나간다. 그 모습은 마치 커다란 능구렁이가 잔디 위를 지나가는 듯한 모습이다. 정글에 겁먹은 내 눈에, 그 강마저 정글의 뱀을 연상시킨 것이다. 혼자서 문득 겁이 나 다른 사람들의 얼굴을 쳐다본다.

정글은 하늘을 찌를 듯한 온갖 종류의 나무들과 넝쿨이 뒤엉켜 대낮에도 어두컴컴한 곳이다. 그 나무들 아래로 크고 작은 나무들과 풀들이 우거져 발을 들여놓을 수가 없다. 이키토스에서 배로 약 한 시간 걸려 이 정글로 들어왔는데, 이젠 어떡하랴. 그냥 부딪혀 보는 수밖에. 가이드를 앞세우고 정글 속으로 들어선다. 인기척 하나 없는 정글의 어느 곳에서 이름 모를 새들이 울어댄다. 물론 새 울음이라고 추측한 것이다. 새 울음인지 맹수 울음인지 이곳 저곳에서 들려온다. 잔뜩 겁먹은 것은 어쩔 수 없다. 앞과 옆을 부지런히 살펴본다. 물론 나무 위도 살핀다. 언제 어디서 못된 짐승들이 나타날지 모르기 때문이다.

이제 정글 속에 있는 사람은 가이드와 나뿐이다. 잔뜩 겁에 질린 나를 더 무섭게 만든 것은 짐승이 아니라 가이드다. 1미터나 되는 칼을 내 앞에서 이리저리 휘두르며 나뭇가지를 자르며 앞으로 나간다. 혹시 저녀석이 저 칼로 내게 해코지라도 한다면, 나는 당하는 수밖에 없다. 나는 그 무기를 당할 수 없기 때문이다. 그러고서 그녀석이 내 물건을 차지한다면 적어도 몇 년은 일하지 않고도 살 수 있을 것이다. 내 몸에는 카메라 세 대와 돈이 몇 백 달러나 있기 때문이다. 이 곳의 보통 사람들은 죽자고 일해도 한 달 수입이 수십 달러도 채 안 된다. 1인당 국민소득이 2천불에 불과한 나라가 아닌가. 그 중에서도 가난한 지역인 이 곳 사람이 아닌가. 아, 그래도 다행히 여행사를 통해서 가이드를 구했으니 별일이 있으랴 하면서 애써 위로를 해 본다. 내게 무슨 일이라도 일어난다면 여행사도 책임을 져야 할테니까.

"뱀이다! "라고 가이드 녀석이 갑자기 소리친다. 다리가 그만 땅에 착 얼어붙는다. 도망갈 준비를 해야 될 텐데 옴짝달싹할 수가 없다. 몇 초가 지났지만 아무것도 눈에 띄지 않는다. 못된 가이드 녀석이 나를 놀린 것이다. 못된 자식, 그렇지 않아도 잔뜩 겁먹고 있는데, 가이드란 녀석이 그런 장난을 하다니. 괘씸하기 짝이 없다. 겁먹은 내 얼굴을 알았는지 몰랐는지, 그 녀석은 능글맞게 웃으면서 앞으로 나간다. 얼마를 갔을까. 저것 좀 보라고 가이드 녀석이 나지막한 소리로 말한다. 또 무슨 짓을 하겠다는 건가. 그 녀석의 신용도는 이미 바닥에 떨어졌다. 그래도 어쩌랴! 그래도 믿을 놈은 그녀석뿐이지 않은가. 앞을 바라본다. 아니 저런, 커다란 이구아나가 우리 앞길에 떡 버티고 서 있는 것이 아닌가. 이를 어쩌나, 오금이 저려온다. 보통 큰일이 아니다. 온몸이 허수아비처럼 굳어버렸다. 저건 안심해도 된다고 가이드가 말한다. 애써 안심을 하고서 바라보는 사이에, 이구아나란 녀석이 얼른 정글 속으로 달아난다. 등에 식은땀이 흐른다. 자기가 겁을 먹다니. 하긴 고맙기도 하다. 그렇지 않아도 상의와 하의는 온통 땀으로 젖어 있었는데… 덥기는 왜 이리도 더운지.

정글의 디스코텍

얼마를 걸었을까, 한 곳에서 빠른 음악 소리가 들려온다. 사람이 사는 곳인가 보다. 발걸음을 빨리해 본다. 드디어 정글에 사는 사람들을 만날 수 있나보다. 나무로 기둥을 세우고, 나무 이파리로 지붕을 이은 집들이 몇 채 나온다. 모든 집들이 1.5미터 정도의 높이에 마루를 깔아 놓았다. 우기에는 물이 그 정도의 높이로 차기 때문이란다. 그렇게 수량이 많은 우기에는 걸어다닐 수가 없다. 온 정글이 물로 덮히기 때문이다. 모두가 배를 타야만 이동할 수가 있단다. 그래서 집집마다 작은 배들이 있나보다.

음악이 흘러나오는 곳으로 올라가 본다. 네 명의 남자가 반 술이 되어 있고 음악은 귀를 찢는다. 술도 마시고 춤도 춘다. 눈동자는 벌써 흐려진 상태다. 술을 마신 지 한참 되는 듯하다.

가끔씩 일어나서 국민체조 비슷한 춤을 춘다. 정글 속의 디스코텍이다. 말이 디스코텍이
지, 벽에는 과자 몇 종류와 잉카 콜라 몇 병, 그리고 다른 음료수가 몇 병 있을 뿐이다. 잉
카 콜라는 우리의 '환타'와 비슷한 음료수로, 페루인들이 즐겨 마신단다. 그 옆에 커다란
카세트 플레이어가 있다. 뜻하지 않은 방문객에 이들은 잠시 놀란다.

한 노인이 누구냐고 묻더니 술을 권한다. 못 먹는다는 시늉을 하면서 한 모금
삼킨다. 독주다. 40도는 족히 되는 독주다. 마저 마시라고 모두가 야단이다. 다른 사람도
자기 술을 받으란다. 강권하는 모습이 거절하기가 어렵다. 한 모금을 마시고 "그라시아스
(고맙다)"라고 말한다. 그랬더니 또다른 녀석이 자기 술도 마시라고 한잔을 내민다. 그만
마시겠다고 하니, 얼굴이 험악해진다. 한잔만 더 마시자면서 받아 마신다. 이 더위에 독주
를 석 잔 마셨더니 땀이 얼굴에서 자꾸 흘러내리고 숨소리마저 거칠어진다.

정글의 디스코텍을 보았으니 자리를 일어서면서, 잘 있으라고 했다. 다 끝난 줄 알았더
니, 빨간 토끼 눈이 된 청년이 자기 술도 받으란다. 벌써 취했다고 손짓을 했지만 막무가내
화를 낸다. 왜 자기 술은 거절하냐면서 대든다. 이렇게 하여 넉 잔을 받아 마신다. 얼굴과
등에서 흘러내리는 땀으로 범벅이 된다. 못 사는 사람들은 이렇게 인심이 좋은 모양이다.
우기에는 이런 식으로 논다고 한다. 일을 할 수가 없기 때문이다. 지금은 우기가 거의 끝나

고 건기가 시작되기 직전이라 아직은 이렇게 논다고 한다. 이 더운 정글에서 독주를 여러 잔 받아 마셨으니 흐르는 땀에 눈을 뜨기가 힘들다.

인간들이 사는 문명사회는 밤이면 조용해진다. 늦은 밤이면 쥐죽은 듯 조용하다. 그러나 인간 세상과는 멀리 떨어진 정글의 밤은, 조용해지는 것이 아니라 더 시끄러워진다. 정글에 어둠이 짙게 깔리면 온갖 종류의 짐승들이 이 곳에서 울어대고, 저 곳에서 짖어댄다. 나무 위에서 나무 아래서, 가까이서 또 멀리서. 소곤소곤 떠드는 녀석이 있는가 하면, 고래고래 고함치는 녀석도 있다. 상쾌하고 아름다운 노래를 부르는 녀석이 있는가 하면, 위협적으로 포효하는 녀석도 있다. 잠시 무서움에 몸을 떨지만, 설마 이 곳 방갈로에는 아무 일 없겠지. 낮에 먹은 독주와 더위에 지친 몸은, 정글 속 밤의 무서움도 아랑곳하지 않고 곧바로 꿈나라로 빠져든다.

정글에 사는 사람들을 만나기 위해 길을 나선다. 어둑어둑해지기 시작하더니, 후두둑후두둑 하는 소리가 들린다. 비가 내린다. 그렇지 않아도 어둡던 정글이 더 어두워지더니 이제는 비까지 내리는 것이다. 사진 찍기는 더 없이 힘들어졌다. 급한 김에 모자로 사진기를 감싼다. 가이드 녀석이 휙하고 칼을 휘둘러 바나나잎 하나를 잘라서 내게 준다. 이파리 하나가 우산이 된다. 이파리 하나가 내 몸을 거의 다 가린다. 한참을 걸었다. 비가 그친다. 바나나 이파리를 버린다. 참 편리하다는 생각이 든다.

한참을 걸었는데 성경을 옆구리에 낀 처녀를 만났다. 사진을 한 장 찍자고 했더니 겁먹은 얼굴이다. 정글에서 두 사내를 만났기 때문인가. 얼굴이 바짝 긴장한다. 더 찍어도 필름만 아까울 정도다. 그녀를 따라 조금을 더 갔더니 정글 속의 성당을 만난다. 성당 입구에 근엄한 얼굴을 한 사람이 신부님이란다. 근엄해도 정도가 있지. 이건 보통 근엄한 것이 아니다. 목에 깁스를 한 것은 물론이거니와 얼굴도 데드마스크처럼 굳어 있다. 독점이라서 그런가. 허락을 얻어 성당 안에 들어가 본다. 건물 안에는 걸상도 없고 피아노도 없다. 눈에 띄는 것은 강돗상과 칠판뿐이다. 십자가도 없다. 더 이상 간단할 수가 없는 성당이다. 아이들만 신이 났다. 낯선 정글 침입자를 좀더 자세히 보려고 난리가 났다.

조금을 더 걸었더니 집 한 채가 나온다. 마당에는 닭도 한 마리 돌아다니고 개 한 마리가 마당에서 졸고 있다. 사람이 사는 것처럼 보인다. 마당에 들어서도 개는 아무 관심이 없다. 저런 놈을 왜 키우나 하는 생각이 든다. 인기척을 하고 몇 발짝을 더 옮긴다. 마루에는 그물침대가 흔들거린다. 누군가가 있는 것은 분명하다. "실례합니다"라고 몇 번을 외쳤더니 그제야 부시시 그물침대에서 일어난다. 이 집의 주인인 모양이다. 사진을 좀 찍자는 말에 시큰둥한 반응을 보인다. 가이드 녀석이 내가 대단한 사진작가라고 소개를 하고, 사진을 나중에 주겠다고 능청을 떤다. 그러자 무슨 심경의 변화를 보였는지 부드러워지면서 들어오라고 한다.

천으로 칸막이를 한 침실에 아이 둘이 자고 있다. 말이 침실이지 그냥 천으로 칸막이를 한 것에 불과하다. 한쪽에는 홑이불인지 옷가지인지가 놓여 있다. 어두워서 구분하기가 힘들다. 이것도 더 이상 간단할 수 없는 침실이다. 마루 한쪽 끝을 밖으로 좀 달아낸 난간에 부엌이 있다. 부엌이라야 조그마한 냄비를 걸 수 있는 쇠로 만든 네 다리 걸이가 전부다. 나중에 안 일이지만 정글의 어떤 집을 가도 이 네 다리 솥걸이가 있다. 크기도 모양도 똑같다. 화전민을 제외한 어떤 집에도 예외가 없다. 이 정글에 배급 경제가 시행되고 있는지 착각할 정도이다.

정글의 모든 집들은 원룸이라고 할 수 있다. 1.5미터의 높이에 마루가 있다. 그 마루 한쪽에 천으로 칸막이를 한 침실이 있다. 그 옆에 쇠로 만든 솥걸이와 냄비 한둘이 걸려 있는 부엌이 있다. 그 반대편에 거실이 있다. 그물침대가 매달려 있고, 온갖 잡동사니가 그 곳에 널려 있다. 모든 집이 거의 똑같은 모습을 하고 있다. 크기만 조금 차이가 날 뿐이다. 우리나라 아파트만큼이나 획일화된 모습이다. 물론 여기는 텔레비전이 없고 , 그 맞은편에 동양화 한 폭이 걸려 있지도 않다.

이곳 저곳에서 아이들이 몰려나온다. 그간 어디 숨어 있었을까. 무슨 허락을 얻었기에 '거실' 로 몰려 나왔을까. 텔레비전이 없어서 그런지 이 집에도 아이들이 많다. 아이들이 사진을 찍어 달란다. 아이 엄마도 함께 찍어 달란다. 이 집을 나서자 이 집 개도 따라 나선다. 들어가라고 해도 막무가내다. 개의 이름은 그링고란다. 그 뜻은 양키라는 의미다. 집주인도 부를 생각을 하지 않는다. 나만 애타게 돌아가라고 하는 것 같다. "그링고 돌아가라"고 계속 말해도 아예 우리 앞에 나서서 길을 안내하는 것 같다. 그 날 나선 그링고는 오전 내내 우리와 함께 시간을 보냈다. 오늘은 짐승들이 내게 아양을 떠는 날인가 보다.

아침 식사를 마친 후 방갈로의 흔들의자에 앉아 있었다. 그 때 앵무새가 난간을 살금살금 걸어와 내게 다가왔다. 무척 겁이 났다. 다른 사람이 그녀석과 함께 노는 것을 보았다. 그렇지 않았다면 나는 도망을 쳤을 것이다. 살금살금 다가오더니, 주둥이로 내 옷을 물어보고 카메라도 물어본다. 온몸에 닭살이 돋는다. 떨쳐 버리고 일어나기에는 너무 귀엽다. 그녀석이 내게 매달려 입으로 이곳 저곳을 건드리는 사이에 다른 관광객 두어 명이 내게로 왔다. 이제는 무서운 척도 하기 힘들어졌다. 이녀석은 이제 아예 내 머리카락도 물어보고 내 손등도 물어본다. 나도 큰 마음을 먹고 여유를 찾는다. 내가 "헬로"라고 하자 따라한다. 귀여워서 내가 웃자, 이 녀석은 나보다 더 큰소리로 웃는다. 이 광경에 주위 몇 사람이 배를 잡고 웃었다. 그러자 앵무새는 더 큰소리로 웃어, 정글에 쩌렁쩌렁 울려퍼진다.

정글 마을의 축제

멀지 않는 곳에서 북 소리가 들린다. 제일 큰 소리는 북 소리이고 다른 악기 소리도 함께 들린다. 마을 축제란다. 소리가 나는 곳으로 발걸음을 빨리 재촉한다. 땀으로 위 아래가 범벅이 된 지가 오래다. 옷을 갈아입고 몇 걸음만 옮기면 젖어버리는 날씨다. 얼굴에 흐르는 땀을 연신 손으로 훔쳐낸다. 혹 축제가 끝나지 않을까 조바심을 내며 달려간다. 몇 채의 집을 지나 음악 소리가 나는 곳으로 간다. 마을에는 사람 하나 눈에 띄지 않고, 개들만이 마을을 지킨다. 모두 축제로 간 모양이다.

축제장 입구에 들어서기가 무섭게 아이들이 내게 달려든다. 내가 원숭이라도 되는지 뚫어지게 쳐다본다. "치노(중국인), 치노"라고 외친다. 얼굴은 회색과 황토색으로 장식을 했다. 흙으로 칠해서 자연스런 맛은 있지만, 성의는 조금도 보이지 않는다. 아름다움과는 전혀 무관하다. 옷에도 갖가지 색들이 칠해져 있다. 옷이래야 대부분 낡았고 언제 세탁을 했는지도 모를 지경이다. 사서 입은 뒤에 세탁이라도 한번 했을까싶은 느낌이 들 정도다. 옷뿐이 아니다. 얼굴과 팔뚝, 다리도 언제 씻었는지를 알 수가 없을 지경이다. 물론 1년에 한두 번씩은 씻겠지. 그런데 까만 눈동자는 말할 수 없이 검게 빛난다. 강렬한 그 눈빛은 지나가는 나그네의 눈길마저 빨아들이는 것 같다. 이런 생각을 하고 있는데, 뭔가 내 가슴에 쿡 하고 부딪힌다. 내려다보니 장식용 흙이다. 마당 한 쪽에서 아이 몇 명이 흙을 던지며 장난치다가, 잘못하여 그 중 흙 한 덩이가 내게로 날아온 것이다. 렌즈에 맞지 않은 것이 다행이었다. 아이들도 놀라서 하던 장난을 그만 멈춘다.

마당 가장자리에서 악사들이 북도 치고 나팔도 분다. 이들도 얼굴에 주황색이나 회색으

로 흙을 칠했다. 북도 있고 퉁소 같은 악기도 있다. 단조로운 음악이다. 멜로디보다는 강약이 주가 되는 음악이다. 우리나라 농악을 좀 빠르게 연주하여 춤추게 만든 듯한 느낌마저 든다. 주음절 몇 마디가 빠른 템포로 계속 이어진다. 마당 가운데에 커다란 장대가 세워져 있다. 그 장대에는 플라스틱 바가지가 몇 개 달려 있다. 어린아이의 옷과 수건도 여러 개 걸려 있다. 이것들이 바람에 흩날리며 무당집 분위기를 연상시킨다. 마당 주위에는 구경꾼들이 앉아 있다. 어린아이, 아주머니, 할머니, 사내아이들이 나무 아래 앉아 있다. 떡 몇 조

각을 가지고 와서 팔겠다는 사람, 과일 몇 개를 가지고 와서 팔겠다는 사람, 고구마를 몇
개 삶아 와서 팔겠다는 사람도 있다. 누가 사먹을까 궁금해진다. 하여튼 모두가 무심한 얼
굴이다. 미소 띤 얼굴은 하나도 없다. 도무지 축제에 구경 온 사람 같지가 않다. 아니면 이
땅의 모든 잡념을 넘어선 사람들인가. 어찌 저리도 무표정할까. 사진 찍어 달라고 달려온
사내아이 몇 녀석만 생글거릴 따름이다. 처음엔 서너 녀석이 몰려오더니, 이제는 온 동네
아이들이 다 몰려온다. 이 곳 사람들은 사진 찍는 것을 싫어한다고 여행안내서에서 읽었
다. 그런데 몇 사람을 빼고는 거절하는 사람이 별로 없다. 능글능글한 가이드가 유능해서
인가.

고구마 막걸리와 로봇 춤

집 마루에서 수십 명이 빙빙 돌며 춤을 춘다. 너른 마당을 두고 왜 저 좁은 마루에서 저러고 있을까 . 마루에 올라간다. 20평이 채 안 되는 넓이에 수십 명이 강강수월래 하듯이 빙빙 돈다. 모두가 얼굴에 칠을 했다. 회색 아니면 황토색 또는 흰색이다. 이들은 빠른 음악에 맞춰 그냥 빙빙 돈다. 손을 들었다 내렸다 하면서 빙빙 원을 그리면서 돌뿐이다. 우리나라 관광버스 춤보다 못한 솜씨다. 마치 훈련받은 로봇이 원을 그리며 빙빙 도는 듯한 인상을 준다. 얼굴도 마찬가지다. 춤추는 사람들 얼굴이 왜 저리도 엄숙할까. 웃음기 하나 없다. 엄숙한 얼굴을 하고서 그냥 몸을 움직이는 것이다. 어른 아이 할 것 없이, 남자 여자 할 것 없이 모두가 그렇다. 사형수들의 축제라고 해도 저런 얼굴은 하지 않을 것같다.

연결 마루가 있어 그쪽으로 가 본다. 밀림에서 나는 고구마(유카)로 담근 막걸리가 있다. 한 녀석이 큰 바가지에 퍼주며 마시란다. 1리터가 훨씬 넘는 양이다. 이 더위에 이걸 마시면 오늘도 고생이다. 마시지 않겠다고 하니 막무가내다. 조금만 마신다. 다 마시라고 야단이다. 우리나라 막걸리와 아주 유사한 맛이다. 어떻게 맛이 이렇게 유사할까. 이런 생각을 하고 있는데, 술을 권한 녀석이 뭐라고 흥얼거린다. 알아들을 수가 없다. 그냥 “시, 시(예, 예)”라고 대답을 한다. 이녀석도 답답한 모양이다. 물론 나도 답답하다. 무슨 말인지를 알 수 없으니. 몇 번을 더 들으니 말뜻이 분명해졌다. 돈 달라는 소리이다. 그렇지만 알아들은 척할 필요가 없다. 그래서 그녀석 말에 여전히 “시, 시”라고 대답을 한다. 답답해하는 그녀석의 얼굴을 보니 그냥 웃음이 난다.

얻어마신 막걸리로 땀이 더 흘러내린다. 이마에서 흐르는 땀으로 해서 안경이 흘러내린다. 땀은 턱을 타고 발등에 떨어진다. 등을 타고 내려온 땀은 허리끈에 걸려 일단 정지한다. 허벅지에서 시작해 다시 흘러내리는 땀은 종아리로 타고 내린다. 축제 구경꾼들도 나를 물끄러미 쳐다보고 나도 그들을 물끄러미 쳐다본다. 장사꾼들은 뭘 하나 사 주지 않나 하는 표정이다. 다른 구경꾼들은 저 중국인은 여기에 뭣 하러 왔느냐는 표정이다. 나는 그들의 얼굴 표정이 궁금해 자꾸 살핀다. 그렇지만 사실은 더위에 지쳐 만사가 귀찮다. 그냥 시원한 물로 샤워나 하고 맥주나 한잔 했으면 좋겠다.

남녀 한 쌍이 마루에서 마당으로 내려온다. 남자는 나이가 좀 든 편이고, 여자는 남자에 비해서 젊은 편이다. 둘은 손을 잡고 마당을 빙빙 돈다. 마당 한가운데에 세워진 장대 주위를 빙빙 돈다. 그냥 도는 것이 아니라 춤추면서 빙빙 도는 것이다. 말이 춤이지, 실제는 로봇 춤이다. 한 손에 도끼를 들고서 빙빙 돈다. 리듬에 맞춰 춤을 추면서 장대 주위를 빙빙 돈다. 세 바퀴 정도를 돌 때마다 남자가 도끼로 장대를 한 번 찍는데. 다음에는 여지기 도끼로 장대를 한 번 찍는다. 이렇게 번갈아가면서 장대를 찍는다. 같은 곳을 여러 번 찍으니 장대기 부러질 것이다. 열 번 찍어 넘어가지 않는 나무가 없다고 하지 않았던가. 춤추면서 도끼질을 하니 열 번이 아니라 수십 번을 더 찍어야 할 것이다. 마당 주위의 구경꾼들이 점점 더 가까이 몰려든다. 마루에서 춤추던 사람들도 이미 춤을 끝내고 장대 주위에 몰려 원을 만든 지 오래다.

그렇게 장대 주위를 수십 번 돌았건만 여전히 엄숙한 얼굴이다. 춤이라야 다른 사람과 마찬가지로 로봇 춤이다. 어느덧 장대가 부러질 쯤에는 모두가 긴장한 얼굴이다. 마침내 장대가 뿌지직하고 넘어진다. 온동네 사람들이 한꺼번에 달려든다. 매달려 있던 것들을 서

로 차지하려고 야단이다. 그 모습은 마치 먹이 하나를 서로 차
지하려고 달려드는 동물들을 연상시킨다. 아무 물건이라도 하
나 건진 사람들은 활짝 웃음을 보인다. 그렇게 하여 그들도 웃
음을 보인 것이다. 춤출 때 그 엄숙한 얼굴은 사라지고, 싸구려
물건 하나를 손에 들고는 행복한 웃음을 짓는다. 허탕친 사람
들도 멋쩍게 웃는다. 저렇게 해서 웃을 때도 있구나. 역시 물건
은 좋은 것이야. 서울 시내 길바닥에 버려 놓아도 아무도 주어
가지 않을 물건들인데, 이 곳에서는 저렇게 사랑을 받는구나.

아마존 강을 따라 생겨난 길이 있다. 이 길은 판암
(PanAm) 하이웨이라는 애칭을 가지고 있다. 원래 판
암 하이웨이는 아메리카 대륙을 연결하는 고속도로를 말한다.
아마존 강가의 행인용 길은, 말하자면 아마존 지역 원주민들을
이어 주는 고속도로인 셈이다. 자동차를 위한 하이웨이가 아니
라, 걷는 사람을 위한 것이다. 아마존을 따라 생겨난 이 길은
여러 가지 장점이 있다. 큰 나무와 같은 장애물이 많지 않아,
직선거리를 만들 수 있을 것이다. 또 아마존 강을 따라가기 때
문에 방향을 잃지 않을 것이다. 이 곳의 교통수단은 배밖에 없
으므로, 배를 이용하기에 쉬울 것이다. 나는 판암 하이웨이를
따라 몇 번이고 위아래를 걸어다닌다. 조그만 이 마을에는 벌
써 두 번째이다.

정글 속의 장날

아마존 강가에 10여 명이 배를 기다리고 있다. 모두가 크고 작은 보따리를 갖고 있다. 뭔가를 보자기에 싼 사람, 아니면 비닐 포대에 담은 사람들이다. 이들은 여기서 배를 타고 이키토스에 간다. 이키토스는 아마존 정글에서 가장 큰 도시이다. 이키토스는 정글 사람들에게는 화려한 대도시이다. 없는 것이 없는 곳이다. 정글 사람들은 이키토스에 가서 물건을 팔고 또 필요한 물건을 사 가지고 돌아온다. 강가에서 이들과 한참 있다가 정글 사이에 뚫려진 길로 방향을 잡아 걷는다.

사람 하나 구경하기 힘든 것이 정글이다. 대개 흩어져 살기 때문이다. 그런데 오늘은 이쪽에서도 한두 명 나오고, 저쪽에서도 한두 명 걸어 나온다. 장날이기 때문이다. 모두가 이키토스로 가기 위해 아마존 강가의 '항구'로 향하는 길이다. 항구라고 해 보았자, 커다란 고목 하나가 누워 있어 배를 대기에 편하도록 한 것이 전부다. 이들은 어디에 살다가 이렇게 나오는 것일까. 닭 한 마리 손에 들고 가는 사람, 장작을 포대에 담아 메고 가는 사람. 돼지를 잡아 반 토막을 지고 가는 사람 등 정글에서 나는 것을 이 곳의 '서울'에 팔러가는 것이다. 그리고는 정글 생활에 필요한 것을 산다. 나는 땀범벅이 되어 있는데, 이들에게서 는 땀 흔적을 찾아보기 힘들다. 나는 선글라스를 끼고서도 눈이 부셔 얼굴을 찡그리는데, 이들은 맨눈으로도 말짱한 표정이다.

정글 안에 축구장이 있다. 골대가 두 개 세워져 있는 잔디 구장이다. 이 곳 정글에서도 축구가 중요한 운동인 모양이다. 남미 사람들에게는 두 가지 출세 길이 있다. 하나는 유명한 축구 선수가 되는 것이고, 다른 하나는 미국행 비자를 얻는 것이다. 내 가이드 녀석도 정글 삶의 풍요로움에 대해서 몇 번이고 침을 튀기면서 자랑을 했다. 문명사회인 리마에 비해서 이곳 사람들이 얼마나 풍요롭고 여유 있게 사

는지에 대해서 우쭐거리기까지 했다. 그러더니 오늘은 미국행 비자를 받기 위해 계속 노력하고 있다고 말한다. 언젠가는 미국에 갈 거란다. 거기서 뭘 할 거냐고 물으니, 식당에서 접시 닦는 일부터 하겠단다.

운동장 옆에 있는 조그만 가게에 들어간다. 두 번째다. 지난번에 왔을 때는 소녀 한 명만 있었다. 무슨 말을 해도 입도 벙긋하지 않았다. 사진 한 장 찍자고 해도 대답 한번 주지 않았다. 그런데 오늘은 싱글벙글이다. 집에 있는 강아지와 연신 장난을 친다. 집에 부모님

이 있기 때문일까. 이 집 거실은 안쪽 침실과 널빤지로 칸막이가 되어 있다. 그 칸막이 윗편에 시장 임명장이 걸려 있다. 이 집 주인이 이 곳 정글의 시장이다. 그 임명장 바로 옆에 조그마한 진열장이 매달려 있다. 이것이 내가 본 것 중에서 가장 작은 가게이다. 세상에 이렇게 작은 구멍가게는 처음이다. 진열장에는 이 곳 페루에서 나는 잉카 콜라 세 병과 또 다른 마실 것 서너 병, 그리고 과자 봉지 몇 개가 전부이다. 구입해 놓은 지가 적어도 몇 년은 되었으리라.

　지난번에는 그렇게 뻣뻣하던 이녀석이 카메라를 들이대도 조금도 긴장하지 않는다. 오히려 웃으면서 포즈까지 잡아 준다. 연신 웃어댄다. 이 아이의 엄마에게 사진을 찍고 싶다고 했더니, 아무 말이 없다. 이때 가이드가 남편에게 승낙해 줄 것을 부탁한다. 그랬더니 아주머니도 포즈를 취해 주고, 주인 아저씨도 사진을 찍겠단다. 이 곳에서도 남편의 권위가 우선 인가보다. 아내의 사진 촬영권도 남편이 결정권을 갖고 있는 모양이다. 거실 한쪽 구석에는 사람의 손으로 갓 부화된 병아 리 한 마리가 있다. 깨어난 지가 3일밖에 안 되어서 그런지 아 직 제대로 걷지도 못한다. 이 곳에서 닭은 아주 귀한 짐승이 다. 그 병아리를 들고서 사진을 찍겠단다.

　저렇게 부모 옆에서 웃고 있는 소녀도 내년까지 는 결혼을 해야 된다고 한다. 이 곳 소녀들은 대개 14세 까지는 결혼을 해야 된다. 그렇지 않으면 혼기를 놓친단다. 하기야 평균 수명이 우리보다 많이 짧고, 학교수업기간이 긴 것도 아니다. 또 취직할 일도 없다. 그러니 14세에 결혼을 해 도 별 이의가 없을 것 같다. 실제 이 곳에서 만난 사람들은 나 이에 비해서 무척 늙어 보였다. 특히 여자들은 더 나이가 들 어 보였다. 아이를 많이 출산해서인가? 누나 정도가 아니라 엄마와 함께 사는 듯한 사내가 한둘이 아니다.

학교 관사의 포르노 사진

운동장 옆에서 가장 큰 건물이 학교란다. 초등학교와 중·고등학교가 같이 있는 건물이다. 교실 한쪽 구석에는 초등학교 수업이 진행되고, 또다른 쪽에서는 중·고등학교 수업을 한다고 한다. 지금은 방학이라 학교 건물이 비어 있었다. 바로 그 옆에 있는 건물이 선생님을 위한 관사란다. 선생님도 방학이어서 고향에 가고 없단다.

이곳의 집들은 담장이 없기 때문에 집안이 바로 들여다보인다. 관사 안을 들여다보니 수영복 입은 여자 사진 대여섯 장이 벽에 붙어 있다. 수영복도 보통의 것이 아니라 중요한 부분만을 가린 소프트 코어에 가까운 사진이다. 관사를 지나는 사람이면 누구나 훤히 들여다볼 수 있다. 성인 교육용인지, 아이들을 위한 조기 교육용인지 모르겠다. 우리 같으면 그 선생님은 벌써 목이 두 번도 잘렸을 것이다. 사진기를 꺼내 그것을 찍고 있으니 뒤에서 뭐라고 소리친다. 사진 찍는 것을 허락받았느냐고 한 중년의 사내가 소리친다. 이럴 때는 편리하다. 아무 말도 못 알아들은 척하면 된다. 일을 끝낸 다음 미소로 답하면 대개 해결되기 때문이다. 그것으로 불충분하면 목례를 잠깐하고 "그라시아스" 하면 된다. 그것도 안 되면 삼십육계가 상책이다.

멀리서 개 한 마리가 달려온다. 자세히 보니 그렇고다. 이녀석이 나를 알아보고 달려온

것이다. 다시 정글 속으로 발길을 옮기니 그렁고는 계속 따라온다. 전생에 나하고 무슨 인연이라도 있는 걸까. 가이드 녀석이 큰 칼을 휘두르더니 나무 열매를 따서 먹는다. 나도 따라 먹는다. 이름 모를 과일이 입 안에 착착 녹아든다. 또다른 열매를 따서 건네 준다. 여전히 맛있다. 이렇게 먹는 게 풍요로운데 뭣 하러 바쁘게 서둘 필요가 있을까. 바깥 문명사회에서야 먹을 것을 구하려면 바쁘게 설쳐야 하지만, 이 곳은 어디든 먹는 것이 널려 있다. 1년의 반인 우기에는 집에서 쉬고, 또 그 반인 건기에는 일한다. 워낙 풍요로운 곳이니 먹거리를 위해 아등바등 일할 필요가 없다. 그야말로 여유 그 자체이다.

먹을 것이 언제나 곁에 있으니 바쁠 게 없고 허둥댈 필요가 없다. 내일 뭘 먹을까, 무슨 일을 할까 걱정할 필요도 없다. 손만 뻗으면 과일을 따먹을 수 있기 때문이다. 과일은 그야말로 지천에 깔려 있다. 생전 보지도 못하고 이름도 모르는 과일들이다. 처음 맛보는 과일에 반해서 배부른 줄 모르고 자꾸만 따먹는다. 정글에 대한 두려움은 어느덧 슬그머니 사라지고 정글의 풍요로움에 대한 경이로움으로 바뀐다. 왜 하필 이런 무서운 곳에 살까 하던 의문은, 아 그래서 이런 곳에서 사는구나 하는 느낌으로 바뀐다. 정글에서 내일 계획, 내년 계획을 세우는 것 자체가 우스운 일이다. 바로 집앞에 과일들이 주렁주렁 달려 있기 때문이다. 아마존 강에는 크고 작은 물고기가 득시글거린다. 굳이 한꺼번에 많이 잡거나 따로 모아 보관할 필요가 없다. 다른 사람과 경쟁할 필요도 그러니 없다. 자신의 부를 자랑할 필요도 없다. 옆집이 더 부자라도 배 아파할 필요도 없다. 아마존 강에 창만 던지면 고기가 그냥 올라온다. 낚싯대만 드리우면 고기가 그냥 매달

린다. 무엇 때문에 내일을 걱정하랴.

과일뿐이 아니다. 어제는 조그만 배를 타고 낚시를 나갔더니 30분도 채 되지 않아 네 마리 물고기를 잡았다. 정글은 이처럼 먹거리가 지천에 널려 있다. 정글에서 바삐 움직여 보았자 땀만 난다. 졸리면 자고, 배고프면 열매를 따 먹으면 된다. 과일에 질리면 물고기를 잡아먹으면 된다. 정글 사람들이 게으르다고 하는 것은 우리 문명 세계의 관점이다. 정글은 이제 두려움의 대상이 아니라, 창조주의 축복이라는 생각이 든다.

조금을 더 걸었더니 바나나 농장이 나오고, 제법 큰 집이 있다. 이 집은 다른 집보다 크다고 했더니, 집주인이 조금 더 부지런해서 그렇단다. 이 집 한쪽에 조그마한 창고가 있다. 창문도 없고 널빤지로 사면을 못질해 놓았다. 입구는 자물쇠로 채워져 있다. 이 정글의 감옥소란다. 이 곳에서 처벌받아야 될 사람이 있으면, 이 곳에 가두어 놓고 며칠 굶긴다는 것이다.

사람 사는 곳이면 어디에도 질서가 필요한 모양이다. 이런 생각을 하면서 길을 걷는다. 갑자기 정글이 훤해진다. 200평 정도의 정글이 사라졌다. 베어진 나무들이 곳

곳에 누워 있다. 도끼로 자른 듯하다. 이 나무들을 불태운 뒤 바나나 농장을 만들 모양이다. 이렇게 하여 아마존 유역의 정글들이 파괴되는 것이다. 한 구석에 조그마한 움막이 있고, 그 앞에 한 가족이 모여 있다. 아이가 5명인 가족이다. 남자는 건강한데 부인은 엄마뻘이 되는 것 같이 늙었다. 그러니 엄마에게 아이들도 손자뻘이 되는 듯하다. 바나나 농장을 개발해서 수입을 증대하겠다는 것이다. 이렇게 하여 지구 산소의 1/4을 만드는 아마존 정글은 파괴되는 것이다. 개인의 이익과 인류 공동의 이익이 충돌하는 현장이다.

정글에는 여러 종족이 산다. 피부색이 검은 종족이 작은 마을을 이루고 있다. 원래 이들이 사는 곳은 더 깊은 정글이다. 하지만 관광객을 위해서 작은 집을 몇 채 지어놓고 있다. 이 곳에서 수공품도 팔고 그들의 사는 모습도 보여 주고 있다. 그들의 사는 모습을 이 곳에서 재현하고 있다. 조그만 움막을 지어놓고 여기에 기거하고 있다. 수렵생활을 하는 종족이지만 이 곳에서 관광객에 의지하여 살아가고 있다. 남자와 여자, 늙은 사람과 젊은 사람, 그리고 아이들도 있다. 모두가 중요한 부분만 가리고 지낸다. 고향을 떠나 관광객들이 많이 찾는 길목에 집을 짓고 지내는 모습을 보니 좀 안됐다는 동정심이 생겨난다.

아마존의 베니스

아마존 정글에 사는 원주민의 사정을 조금 엄밀하게 따져보자. 그러면 그
들이 축제에서도 웃지 않는 이유를 알 수 있을 것이다. (물론 문화적 이유도
있지만) 그들의 웃음을 잃어버리게 만든 것은 장사꾼들이다. 장사꾼들은 정글
에서 나는 장작, 동물 가죽, 과일 등을 아주 싼값에 사들인다. 그리고는 정글에서 반드시
필요하지도 않는 것을 사도록 했다. 물론 엄청난 가격을 때려 8백에서 천 5백%의 이윤을
챙겼다. 이렇게 원주민들에게 물건을 비싼 가격에 나누어 주고, 정글에서 나는 것들을 싼

값에 챙겨 간다. 장사꾼들은 또다른 물건을 비싼 가격으로 미리 나누어 준다. 이들은 정글 생산품을 싼값에 가져가기 때문에 원주민들은 빚더미에서 헤어날 수 없다. 이런 악순환이 계속되는 한 정글의 원주민들은 아무리 노력을 해도 그 빚을 갚을 수가 없는 것이다. 이렇게 하여 정글 원주민들은 고향을 떠나도록 강요당한다. 정글 주민 20여만 명 중에서 고향을 떠난 사람은 그 절반인 10만여 명이다. 이 중 91%는 이키토스의 벨렌 주변의 강가에 산다. 빚에 시달려서 낯선 땅으로 온 정글 원주민들은 농사도 짓고 물고기도 잡으며 살아간다. 그러나 우기에는 물고기도 잡히지 않고, 농지도 완전히 침수된다. 고향을 떠나온 정글 원주민들은 여기에 정착하는 것도 결국 실패하고 만다. 빚을 갚지 못해 이 곳 '서울' 까지 왔지만, 결국은 슬럼가로 흘러가게 마련이다.

이키토스의 벨렌 지역은 아마존 강 위의 수상촌을 말한다. 이 곳에 사는 주민들은 현재

4만여 명에 달한다. 이들은 뗏목 위에 집을 짓고 살아간다. 뗏목 위에는 판자로 간단히 집을 짓고, 뗏목 아래쪽으로는 기둥을 길게 뽑았다. 그래서 수량이 많은 우기에 이 집들은 물 위에 둥둥 떠 있다. 그러나 수량이 줄어드는 건기에는 기둥이 강바닥에 닿게 되는 것이다. 이 곳 수상족들은 자기 집 문 앞에서 낚시도 하고, 빨래도 하고, 목욕도 한다. 물론 용변도 바로 물 위에 본다. 또 그 물로 조리도 하고 식기도 씻는다. 그 수상가옥 사이로 조그만 배들이 정글에서 나는 과일을 팔러 다닌다. 이 곳 사람들은 이곳을 '아마존의 베니스'라고 하지만, 다른 사람들은 슬럼이라고 말한다.

이 수상촌은 태국의 그것과는 다르다. 태국의 수상촌은 물가에 집을 지어 고정시킨 집단 군락촌이다. 집이 수로 옆에 고정되어 있어 수량에 따라 집이 부침하지는 않는다. 수로를 이용해 이동하고, 수로를 통해 상행위가 이루어진다. 벨렌의 수상촌도, 태국의 수상촌도, 캄보디아 톤레삽 호수의 수상촌에 비하면 그 '품위'가 좀 떨어진다. 바다처럼 넓은 톤레삽 호수로 연결된 강줄기에 수상족이 산다. 이들은 그야말로 배 위에서 산다. 수량이 많아지는 우기가 되면 산 가까이로 이동하고, 수량이 적어지는 건기에는 호수 가까이로 돌아온다. 물론 이들의 생활도 아마존 강가의 수상족과 마찬가지이다. 물 위에서 바로 용변을 보고 그 물로 요리를 한다. 물론 그 물로 목욕도 하고 빨래도 한다. 캄보디아의 수상촌에는, 물 위에 돼지우리를 만들어 돼지를 기르기도 한다. 그 돼지도 일생을 물위에서 보내는 것이다. 캄보디아 수상촌에는 물 위에 배터리 가게가 있고, 식용품 가게도 있다. 성당과 학교 그리고 파출소도 있다. 더 차이가 나는 깃은, 이 곳의 많은 집들은 화분으로 뗏진

을 장식해 놓았다는 점이다. 그러니까 셋 중에서는 캄보디아 수상촌이 적나라하고 가장
아름답다.

　'아마존의 베니스'를 구경하기 위해 택시를 대절한다. 택시란 물론 소형 배를 말한다.
이집 저집을 살피기 위해 천천히 배를 젓게 한다. 나는 그들의 삶이 신기롭고, 그들은 내
생김새가 신기로운 모양이다. 나는 그들이 살아가는 모습을 천천히 살펴보고, 그들은 내

얼굴을 뚫어지게 바라본다. 식기를 씻는 아주머니는 웃음을 짓고, 나도 웃음을 건넨다. 물론 그들의 웃음과 내 웃음에는 많은 차이가 있을 것이다. 그들이 웃는 이유는 내가 알 수 없지만, 내가 웃는 이유는 분명하다. 오물이 떠돌아다닐 그 물을 가지고 식기를 씻는 모습이 내게는 좀 이해가 안 되기 때문이다. 그 물을 가지고 식기를 몇 번이나 씻고 헹군들 무슨 의미가 있을까. 빨래하는 사람들도 마찬가지이다. 변소 오물도 함께 흘러들어오는 그

물로 깨끗하게 세탁을 한들 무슨 의미가 있을까.

나이 든 할머니가 빨래를 한다. 가까이 다가갔더니, 수상촌에 사는 개가 침입자를 알아보고 컹컹 짖어댄다. 금방 내게로 덤벼들 태세다. 어린 어머니와 아이도 물 가에 있다. 어린 어머니는 빨래를 몇 번이고 헹구고, 바로 그 옆에서 어린애가 플라스틱 통으로 샤워를 한다. 저러다 오물이라도 통에 담기면 어떤 반응을 보일까 생각하니 슬그머니 다시 웃음이 나온다.

내가 이상하게 생겼나, 아니면 내 얼굴에 무엇이라도 묻었나. 지나가는 곳마다 나를 뚫어지게 쳐다본다. 남자, 여자, 어린아이, 노인 구분 없이 낯선 침입자를 바라본다. 집에서 낚시를 하는 아이, 혼자 집 지키다 심심한 아이, 휴식을 취하는 젊은이, 모두가 뚫어지게 나를 바라본다. 아니, 감시한다는 표현이 더 적절할 것이다. 어린 사내 녀석들은 내 시선을 끌려는 듯이 다이빙 자랑을 한다. 풍덩 오물에 몸을 던지고는 내 반응을 지켜본다. 그리고는 손을 흔든다. 물론 모두가 내게 관심을 갖는 것은 아니다. 어떤 할머니는 슬그머니 집 안으로 자리를 뜬다.

섹시한 페루처녀들과 활기에 넘친 벨렌 시장

'아마존의 베니스'를 떠나 벨렌 시장으로 발길을 옮긴다. 일꾼들이 수십 개의 바나나가 달린 바나나 뭉치를 어깨에 메고 운반한다. 아마존 강가에 정박한 배에서 육지의 리어카로 옮기는 것이다. 바나나 뭉치 하나를 운반하는 것이 무척 힘들어 보인다. 이 바나나들은 정글의 바나나 농장에서 이 곳으로 옮겨진다. 산처럼 많이 쌓인 바나나를 보니, 먹고 싶은 마음이 전혀 동하지 않는다. 날더러 바나나 한 뭉치를 사란다. 3달러만 내라고 한다. 3달러가 문제가 아니라 그 많은 바나나를 가지고 뭘 하느냐는 생각이 먼저 머리에 떠오른다.

조금 더 올라가면 제법 단정한 길이 나타난다. 콘크리트로 계단을 만들고 화단도 만들어 놓았다. 정글이나 수상촌과는 전혀 다른 옷을 입은 소녀들이 지나간다. 옷을 몸에 달라붙게 입고 노출도 상당하다. 페루 처녀들은 대개 이렇게 섹시하게 옷을 입는다. 정글 지역과 고산 지역의 처녀들을 제외하면, 이렇게 섹시하게 옷을 입는 것이 일반적이다. 물론 수도인 리마가 제일 심하다. 그러므로 지나가는 길이 심심하지 않다. 그 길 옆에는 또한 이발사들이 걸상을 갖다놓고 이발을 한다. 거리의 이발사인 것이다. 사람들은 길가의 걸상에 앉아 이발도 하고 면도도 한다. 날카로운 면도칼을 능수능란하게 움직인다. 나도 이발할 때가 되었으니 의자에 앉아볼까 하는 생각을 잠시한다. 다음 순간 날카로운 면도칼이 무서워 금방 포기한다. 지나가는 사람에게 그 면도칼이 부딪히기라도 한다면, 생각만 해도 아찔하다. 이발사 옆에는 신발을 수선하는 사람들이 있다. 헤진 신발을 깁고, 뚫어진 신발 바닥을 때운다. 이렇듯 길에는 항상 뭔가가 벌어지고 있어서 심심하지가 않다.

벨렌 시장으로 발길을 옮긴다. 시장의 활발한 분위기는 우리보다 더 한 것 같다. 가게에는 싸구려 알루미늄 그릇과 플라스틱 통을 파는 곳, 싸구려 옷과 옷감을 파는 곳이 있다. 양쪽 가게 사이의 제법 너른 길에는 좌판이 두 줄로 길게 늘어서 있다. 이 곳에는 정글에서 나는 온갖 종류의 이름 모를 과일, 아마존에서 나는 갖가지 물고기를 판다. 길모퉁이에는 물고기를 구워서 파는 사람, 바나나를 구워서 파는 사람들도 있다. 이 곳 사람들은 생과일을 제외하고는 대개 굽거나 기름에 튀겨 먹는다. 날씨가 더워서 그럴 것이다. 이 곳 시장은 그야말로 활기에 넘친다. 갑자기 목이 마르다. 코코넛을 먹고 싶다. 코코넛 파는 처녀는 능숙한 솜씨로 칼을 휘두른다. 그 딱딱한 코코넛의 위를 자르고 구멍을 내어 빨대를 끼워 준다. 이 모든 과정이 채 1분도 걸리지 않는다.

시장 골목을 걷는 것이 쉽지가 않다. 사람들이 많기 때문이다. 한 좌판에는 담배를 말아서 팔고 있다. 하나만 맛보겠다고 하니 그냥 피워보란다. 정말 후한 인심이다. 불까지 빌려 준다. 한 모금을 빨았더니 머리가 띵하고 어질어질하다. 그렇지만 어쩌랴. 빙그레 웃으면서 맛있다고 했다. 더 이상 피울 수가 없다. 너무 독하기 때문이다. 몇 발짝을 걷다가 길옆에 앉아 있는 중년의 남자에게 준다. 피우라고 했더니 활짝 웃는다. 또다른 골목은 약재상이 모여 있다. 갖가지 약초들을 말려서 팔고 있다. 가게 한쪽 구석에는 뱀술이 열을 지어 놓여 있다. 신기하여 힐끗힐끗 쳐다보면서 길을 걷는다. 한 아주머니가 오라고 손짓을 한다. 그 가게에 한번 들어가 본다. 뱀술을 꺼내더니 정력에 좋다고 하면서 사라고 권한다. 필요 없다고 하면서 나선다. 그랬더니 그 뱀술을 싸게 팔 테니 한번 마셔보라면서 한참을 따라온다. 이 곳에 중국인 가게들이 모인 건물이 있다고 하여 들어가 본다. 이 곳 중국인들은 보석상을 한다. 셀 수 없을 정도로 보석 가게가 많다. 이들 주인은 모두가 중국인이다. 좀 쉬려고 길가에 앉는다. 배낭을 등에서 내린다. 아, 이게 웬일인

가. 배낭 뒤에 꽂아 두었던 우산이 없어졌다. 선크림도 보이지 않는다. 배낭
을 앞으로 메야 한다는 생각을 깜빡한 것이다. 페루에는 어디든 좀도둑이 많
다는 것을 잠시 잊은 것이다.

리마로 되돌아가기 위해 공항으로 간다. 이 무더운 곳으로부터 한시라도
먼저 떠나고 싶다. 끈적끈적한 느낌에서 빨리 벗어나고 싶다. 건기 때는 더
덥다고 하지만, 이런 더위는 참기 어렵다. 아침에 해가 뜨면 햇살이 눈에 부
신다. 선글라스를 껴도 눈이 부실 정도다. 체온 가까운 기온에 습도마저 높
으니, 빨리 비행기를 타고 싶다. 공항에 빨리 나간다고 비행기를 먼저 타는
것은 아니지만, 여유 있게 공항에 간다. 공항 청사인데도 냉방이 되어 있지
않다. 더워서 한 곳에 있지를 못하고 어슬렁어슬렁 돌아다닌다. 체크인 할
시간이 된 것 같아 시간표를 쳐다본다. 아나운스먼트도 없었는데, 두 시간
연발한다고 표시되어 있다. 뭘로 시간을 보내나 생각하다가 엽서를 몇 장
산다.

공항 한쪽에서 엽서에 몇 자 적는다. 환전소에 우편물도 취
급한다고 써 있다. 엽서 석 장을 내밀면서, 한국까지 얼마냐고 묻는다.
30솔을 달라고 한다. 약 8달러나 되는 돈이다. 좀 비싸다는 생각을 하면서
돈과 엽서를 건넨다. 책상 한쪽에 휙 던지더니 됐다고 한다. 나중에 안 일이
지만 이 엽서들은 한국에 배달되지 않았다. 리마에 와서 그 이야기를 했더
니, 영수증을 받아야 된다고 한다. 리마에서 택시 운전수를 데리고 우체국
에 간다. 이키토스 공항에서 우표 값을 몇 배나 지불했다는 것을 알게 된다.
리마에서는 우체국 직원이 우표 부치는 것을 눈으로 확인한다. 그리고 영수
증을 달라고 한다. 하지만 결과는 별 차이가 없다는 것을 귀국 후에 알았다.
이 중에서 겨우 2장만이 배달되었다는 것을 알았기 때문이다. 공항 출발 시
간은 그 사이에 또 한 시간이 연발한다고 표시되어 있다. 국내선은 이처럼
출발 시간이 수시로 바뀐다. 물론 손님이 적을 때는 결항되기도 한다.

2. 해안가 건조지역

큰 십자가 아래의 빈민촌

  페루의 수도 리마는 1년 내내 기후가 온화하다. 365일 내내 15도에서 25도 사이를 오르락내리락 한다. 일교차도 7도 정도에 불과하다. 이처럼 리마의 기온은 거의 환상적이라고 할 수 있다. 거기다 거의 매일 온화한 햇살이 비친다. 거의 1년 내내 아침에 눈을 뜨면 맑은 하늘을 보여 준다. 그뿐이 아니다. 높은 건물은 거의 없고 나지막한 건물들이 예쁘게 열 지어 있다. 리마 시내는 내가 본 어떤 다른 나라의 도시보다도 깨끗하다. 물론 유럽의 작은 도시들보다 깨끗하다는 것은 아니다. 그러나 국민소득 2천불 남짓한 나라의 수도라는 걸 생각하자. 어느 부자 나라의 수도가 이처럼 깨끗하고 아름다울까. 리마는 세계 수준급의 도시라고 할 수 있다. 연중 비가 거의 오지 않는 지역임에도 불구하고 도시의 가로수와 공원은 정말 아름답게 가꾸어져 있다. 가던 길을 멈추고 야자수 그늘 아래 그냥 눕고 싶다.

  리마에는 비가 거의 오지 않는다. 연중 강수량이 1백 밀리도 채 안 된다. 그래서 하늘은 먼지와 스모그 때문에 그렇게 맑지가 않다고들 말한다. 그러나 내가 보기에 서울의 하늘보다는 몇 배나 맑다. 해가 질 때면 황홀한 일몰을 즐길 수도 있다. 정직하게 말하면 세계의 다른 대도시들보다 하늘은 더 맑다. 그런데 연중 강수량이 너무 적기 때문에 공기가 언제나 건조하다. 목과 눈이 칼칼해지고 입술이 바짝 탈 때가 많다. 강수량이 적어 먼지가 많고 자동차 배기가스 때문에 생긴 현상일 따름이다. 이럴 때 소나기라도 한 줄기 내리면 모두

가 미칠 것이다. 그렇지만 그럴 가능성은 극히 희박하다. 또 그렇게 되면 빈민촌 사람들은 하늘을 원망할 것이다.

　리마 시내는 치안이 좋지 않다. 그래서 언제든 소지품에 신경을 써야 한다. 특히 시내 중심가에는 좀도둑이 많다. 그래서 시내에 나갈 때에는 맨몸으로 나가는 것이 좋다. 특히 카메라는 들고 다니지 않는 것이 좋다. 카메라는 좀도둑의 표적이 되기 때문이다. 또 대중 교통보다는 택시를 타는 것이 안전하다. 소매치기당할 위험이 있기 때문이다. 그래서 시내에 나갈 때에는, 돈은 여러 호주머니에 나누어 넣고 다니는 것이 좋다. 그래야 뺏기더라도 호텔로 돌아올 차비가 어느 호주머니엔가 남아 있을 테니까. 중심가는 밤에 돌아다니지 않는 것이 좋다. 치안이 이렇게 좋지 않은 것은 실업자가 많기 때문이다. 페루 전체의 공식 실업률은 9%이다. 그러나 리마 주변의 빈민촌은 훨씬 높다. 물론 여기에 대한 정확한 통계는 구할 수 없었다. 가난한 나라의 특징은 정확한 사회통계가 대개 없다는 것이다. 또 페루는 다른 남미 국가와 마찬가지로 빈부 격차가 아주 심한 나라이다. 잘 사는 일부는 왕처럼 살고, 못 사는 사람들은 완전한 거지처럼 산다.

　시내 한가운데에 있는 대통령궁 뒤로 비교적 높은 언덕이 있다. 이 언덕을 세로 산 크리스토발이라고 한다. 이 언덕의 정상에 큰 십자가가 있다. 이 언덕에서 리마 시내를 잘 내려다 볼 수 있기 때문에 관광객들이 즐겨 찾는다. 언덕 위에는 주차장도 있고, 매점도 있고, 망원경도 마련되어 있다. 여기서 바라보면 리마 시내가 한눈에 들어온다. 멀리 바라보면 리마를 에워싼 산 능선이 눈에 들어온다. 산에 나무가 없어 황량하지만 우리 눈에는 신기로울 따름이다.

리마 시내로 눈길을 돌리면 잘 가꾼 가로수와 공원들이 아름다운 모습을 드러내고 있다. 그러나 눈길을 바로 발밑으로 떨구어 보자. 여기는 완전히 다른 세상이다. 바로 이 언덕 주위가 리마의 빈민들이 모여 사는 거대한 빈민촌이다. 여기 빈민가에는 대부분 전기도 없고 수도도 없다. 가파른 언덕에 움막을 짓고 사는 것이다. 아주 엉성하게 지은 움막들이 가파른 산 주위에 닥지닥지 붙어 있다. 비라도 내리면 집들이 그냥 쓸려갈 것 같아 아찔하다. 거대한 빈민촌을 바라보면 왜 저처럼 큰 십자가가 언덕 위에 서 있는가를 이해할 수 있을 것이다. 이 땅의 삶이 고달프니 높은 곳에 있는 십자가를 바라보고 위안을 얻으라는 것일까. 물론 거대한 십자가는 페루의 곳곳에 서 볼 수 있다. 그리고 커다란 십자가들은 주로 높은 언덕 위에 서 있다.

관광객이 많이 드나드는 곳이라면 빈민촌을 좀 정비를 했으면 좋으련만, 아마 그 여력이 정부는 없나보다. 곳곳에 후지모리 대통령을 그리워하는 구호가 벽에 적혀 있다. 후지모리 대통령이 많은 빈민촌에다 전기 시설을 해 주었다고 한다. 물론 언덕 주위에 있는 모든 빈민들에게 그 혜택이 다 돌아가지는 못했나 보다. 언덕 아래쪽에 위치한 집들에는 전기 시설이 눈에 띄지만 위쪽에는 전깃줄이 전혀 보이지 않는다. 언덕 아래쪽에 사는 사람들은 위쪽 빈민들에 비하면 귀족에 가깝다. 전기도 있고, 수도도 있고, 벽과 담도 번듯하기 때문이다. 위쪽에 사는 사람들과 언덕 너머 사람들은 그야말로 깡통이다. 담이라야 돌멩이 몇 개로 표시한 집도 있고, 판자 몇 조각으로 막은 집도 있다. 물론 담이 없는 집이 더 많다.

그러나 이건 아무것도 아니다. 집 안에 들어가면 아예 할 말을 잊는다. 벽돌로 집 안팎을 경계 지은 집은 그나마 나은 집이다. 많은 집들은 판자로 칸막이 하여 집 안과 바깥을 나눈다. 구멍이 숭숭 드러난 것은 당연하다. 안에서도 바깥이 내다보이고, 밖에서도 마음만 먹으면 안방을 들여다볼 수 있다. 물론 집 안에 전기가 없으니 컴컴하여 쉽게 들여다볼 수는 없을 것이다. 벽은 그나마 제대로 되어 있다고 할 수 있다. 지붕은 그야말로 가관이다. 슬레이트로 가린 집들은 호화주택에 해당된다. 많은 집들은 싸릿대 비슷한 것으로 또는 비닐 조각 몇 개로 덮어놓고 있다. 그나마 온전하게 덮혀 있다면 다행이다. 지붕을 다 가리지 못해 하늘이 보이는 집이 한둘이 아니다. 만약 비라도 오게 되면 안방에 비가 바로 떨어진다. 연중 강수량이 워낙 작고 기후가 온난하니 그나마 견딜 수 있을 것이다.

함박눈 내리는 텔레비전 화면

이 빈민가의 한 집에 두 번째 방문을 한다. 카하 데 아구아 체로 씨네 집이다. 우리나라 원두막보다 조금 나을까싶은 집에 무려 7명이 살고 있다. 텔레비전이 없어 자식을 5명이나 두었나 싶었다. 그런데 이 집은 그나마 전기가 들어오고 텔레비전도 있다. 텔레비전이 있다는 것이 신기하다. 그래서 텔레비전이 작동하는지를 물어본다. 이 집 주인은 신이 나 텔레비전을 켜 보인다. 화면이 어떻게나 흐린지 보기가 여간 힘들지 않다. 비가 내리는 정도가 아니라 함박눈이 내리는 화면이다. 텔레비전은 움막집 한가운데에 자리잡고 있다. 그 주위에 침대라고 말하기조차 어려운 침대가 네 개 놓여 있다. 한 개의 침대에는 이 집 부부가 쓰고, 나머지는 아이들이 사용한단다. 침대 주위에는 옷가지와 온갖 잡동사니가 흩어져 있다. 장롱이나 옷걸이가 하나도 없으니 모든 것이 그냥 바닥에 내동댕이쳐져 있다.

움막 밖에는 더 이상 간단할 수 없는 부엌이 있다. 냄비 한 개와 도마와 칼 그리고 밥그릇 서너 개가 전부이다. 물론 부뚜막은 없다. 모든 것들이 그냥 바닥에 놓여 있다. 그 옆에 조그마한 찬장이 있다. 감자 몇 개와 파 서너 포기가 놓여 있다. 그 옆에는 좀 큰 물통이 있고 빨래가 그 주위에 흩어져 있다. 수도가 이 집에는 없으니 언덕 너머 먼 곳에서 물을 길러 와야 한다. 그래야 식수로 쓰고, 요리도 하고, 빨래도 할 것이다. 그 뒤편 빈터에는 이 집 식구들이 수집해 놓은 페트병이 수북이 쌓여 있다. 이 집 가장은 대부분의 다른 가장과 마찬가지로 직업이 없다. 그래서 페트병을 모아 파는 것이다. 길거리에 페트병 구경도 쉽지 않은데 얼마를 돌아다녀야 저렇게 모을 수 있을까 하는 생각이 든다. 가난한 지역은 길에 쓸 만한 쓰레기가 없는 것이 특징이다.

거기다 이 집 아주머니는 오래 전부터 어깨가 성하지 않단다. 그래서 두 팔을 쓰기가 쉽지 않다고 한다. 그런 사정을 아는지 모르는지 이 집의 다섯 아이들만 신이 났다. 사진을 찍어 달라고 야단이다. 그들뿐만 아니라 낯선 이의 방문에 옆집 사람들도 야단이다. 길 가던 사람들도 발길을 멈추고 이 집 앞에 머물러 있다. 무슨 구경거리가 있다고 이 집 앞에 10여명 이상이 모여들었다. 한참을 둘러보고 사진도 찍고 있으니, 택시 운전사 페드로가 뭐라고 소리를 지른다. 처음 들어보는 그의 고함소리다. 카메라를 들고 빨리 집 안으로 들어가라고 했다.

    조금 지나니 밖으로 나와두 된다고 한다. 무슨 일이냐고 물었더니 이 동네 불량배 두 명이 떴다는 것이다. 그들이 내 카메라를 오래 전부터 노리고 있었다는 것이다. 하마터면 큰일 날 뻔했다고 한다. 고맙다고 했더니 옆에 있던 아주머니가 말을 자르고 나선다. 자기가 그 사실을 먼저 경고했으니 돈으로 보상을 받아야 한다는 것이다. 자기가 이 동네에 살고 있기 때문에 위험하다는 것을 미리 알 수 있었다는 것이다. 페드로의 얼굴을 쳐다보니 사실이라면서 얼마를 쥐어주라고 한다. 그래도 얼마나 싸게 먹힌 것인가 생각하니 등골이 오싹한다.

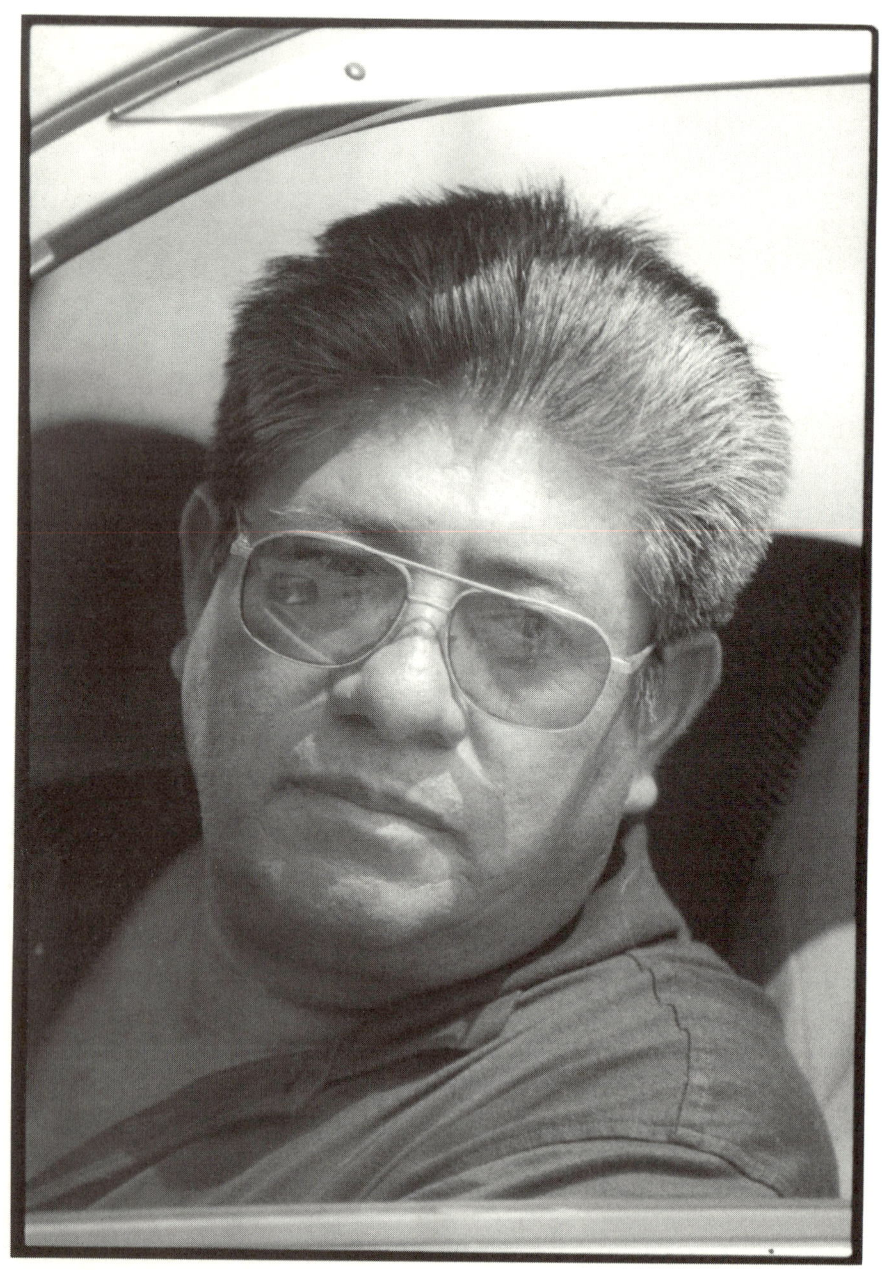

페드로는 택시 운전사이다. 이 곳은 대중교통을 이용해서는 오기가 여간 힘들지 않다. 굳이 대중교통을 이용해서 온다면 적어도 한 시간 이상을 걸어야 이 언덕 위로 올라 올 수 있다. 만약 대중교통을 이용한다면 잘못했다가는 물건을 잃어버릴 가능성이 크다. 그래서 장거리 이동을 하거나 차편이 필요하면 페드로와 함께 다닌다. 페드로는 능글능글하면서도 친절하다. 그래서 사진을 찍어도 되는지 좀 말해 보라면 슬금슬금 접근하여 잘도 구슬려댄다. 다른 택시 운전사와 함께 다녀 본 다음에야 페르로의 '능력' 을 쉽게 알 수 있었다. 그래서 필요한 경우에는 그에게 전화를 한다. 물론 그도 나와 같이 다니면 이익이다. 리마 시내는 택시가 넘치고 넘쳐 손님을 찾기가 쉽지 않기 때문이다. 50대 중반인 그는 내 계획을 계속 물어보면서 꼭 자기에게 전화를 달라고 매일 부탁을 한다.

페드로는 페루에서 중산층에 해당된다. 부인과 딸 아들과 함께 산다. 이 집 식구 네 사람 모두가 일을 하고 있다. 부인은 판매사원이고, 딸은 미용사이며, 아들은 기술자다. 그의 집은 조그마한 1층 양옥인데 리마 변두리에 있다. 30평이 채 안 되는 작은 집이다. 방이 두개이고, 거실도 있고 부엌도 있다. 거실에는 거실 크기에 어울리지 않는 커다란 소파가 있다. 각 방에는 제대로 된 침대가 있다. 장롱이 부족해서인지, 모두가 일하러 나가기 때문인 지 집 안이 무척 어수선하다. 곳곳에 옷과 세간이 널려 있다. 텔레비전도 있고 카세트 라디오도 그 곁에 놓여 있다. 그리고 전화도 있다.

페드로는 자기 딸이 한국에서 석 달간 미용 연수를 받았다고 연시 자랑을 한다. 그래서 시내 중심가에서 미용사로 일하고 있다고 한다. 나도 그 곳에서 한번 이발을 하겠다고 했더니, 언제 하겠느냐고 만날 때마다 묻는다. 그녀가 일하는 미용실은 부촌에 자리잡고 있다. 낯선 이의 방문에 미용실 고객들은 내가 누구냐고 계속 묻는다. 아마 단골 고객인 모양이다. 이발을 하고 가격을 물었더니 우리 돈으로 2만원 정도를 달라고 한다. 말하자면 리마에서 부자들이 이용하는 미용실인 것이다. 한국에서 미용 실력을 쌓았기 때문에 여기서 일하게 되었다는 것이다. 그래서 페드로는 자기도 한국에서 일하고 싶다고 했다. 무엇을 할 수 있느냐니까 서울에서 운전을 하겠단다. 하기야 그의 운전 실력은 서울에서도 충분히 택시 기사를 할 수 있을 것 같다. 차들 틈새를 파고들며 차를 모는 실력은 보통이 아니다. 길이 아무리 막혀도 그의 차는 틈새를 잘도 비집고 앞으로 나간다. 막히면 딴 길로 간다. 그러다 성모 마리아상을 보면 반드시 성호를 긋는다.

　내가 슈퍼에 들어가면 페드로도 굳이 같이 들르겠단다. 자기가 물건을 들겠다는 것이다. 내가 돈을 지급하는 사이에 그는 포인트 점수를 챙기기도 한다. 또 식당에 같이 갔다가 먹고 남는 것이 있으면 얼른 챙겨 집으로 가지고 간다. 물론 자기가 아는 식당에 가자는 말도 자주 한다. 그래도 밉지가 않다. 페드로의 식사량은 내 두 배가 넘는다. 그렇다고 그가 다른 사람에 비해서 아주 많이 먹는 것은 아니다. 보통의 식당에서 나는 전식도 다 먹지 못한다. 양이 너무 많기 때문이다. 리마에서 식사하는 모습을 보면 극과 극이다. 빈민촌에 사는 사람들은 하루에 한 끼 아니면 두 끼 정도를 먹는다. 그것도 기껏해야 감자 몇 개 정도 먹는 것이 전부다. 그러니 빈민촌에 사는 사람들 모두가 몸이 호리호리한 것은 당연하다. 반면에 그 이외의 사람들은 엄청 많이 먹는다. 페루 텔레비전 프로그램의 대부분을 차지하는 것은 요리와 헬스이다. 그렇게들 많이 먹으니 열심히 살 빼지 않으면 터질 것이다. 물론 토요일 밤의 파티도 빼놓을 수가 없다. 수많은 사람들이 토요일 밤이면 디스코텍에서 밤새 춤추고 논다. 빈부의 극심한 격차는 먹고 노는 데서도 그대로 드러나는 것이다.

산 정상의 돼지우리

빈민촌보다 좀더 잘 사는 지역을 살펴보고 싶었다. 그래서 리마 시내의
외곽 지역을 찾았다. 여기도 풀 한 포기 없는 민둥산에 집들이 빽빽이 들어서 있다. 제
법 가파른 산인데도 정상까지 집들이 지어져 있다. 빈민촌과 차이가 있다면 골목이 조금
더 깨끗하다는 정도다. 집앞에 작은 화단이 있는 집이 여럿 있다. 그리고 집들도 벽돌로 지
은 집이 많고, 창문도 제모습을 하고 있는 집이 많다. 이 곳은 벌써 두 번째이다. 지난번 이

곳을 방문했을 때 빌마라는 아주머니가 사는 집과 이웃집 몇 집만을 방문했다. 이번에는 좀더 많은 집들을 돌아보면서 그들의 사는 모습을 보고 싶었다.

빌마는 활발한 30대의 아주머니다. 외모로 보면 50대 초반은 된 듯하다. 그녀는 초등학교에 다니는 딸과 유치원에 다니는 아들이 있다. 남편은 리마에서 교통경찰로 일하고 있다. 지난번에 들렀을 때도 이웃집을 설득하여 나의 방문을 허락하게 했다. 이웃이 망설이면 막무가내 식으로 나를 떠밀면서 들어가 보라고 했다. 우리식으로 보면 좀 주책에 가깝다. 그렇지만 사실 그녀의 도움으로 많은 집들을 돌아볼 수 있었다. 이번에는 미리 전화를 했다. 언제든 오면 도와주겠단다.

그런데 길이 막혀 약속 시간보다 30분 지나서 도착했다. 길이 너무 막히니 페드로의 운전 실력도 별 소용이 없었다. 빌마는 오래 전부터 기다린 모양이다. 택시가 도착하니 한달음에 달려 나온다. 골목에 나와서 기다린 모양이다. 하기야 이 동네에 택시가 들어올 리 만무니까 단번에 알아보았을 것이다. 여기서도 페드로는 자기 택시를 지키겠단다. 아이들이 언제 무슨 짓을 할지 모른다는 것이다. 그러자 빌마 아주머니가 이 곳은 괜찮으니 같이 가자고 한다. 그러면서 구멍가게 노인에게 차를 부탁한다. 특히 빈민촌에 가면 페드로는 차 곁을 떠나지 않는다. 언제 누가 차에 해코지를 할지 모르기 때문이다. 빌마네는 콘크리트로 지은 집에 산다. 담장도 대문도 튼튼하다. 담장은 콘크리트 기둥과 벽돌로 되어 있고, 대문은 철문이다. 조그마한 부엌도 있고 수도꼭지에서 물도 잘 나온다. 집 안을 살펴보니 좋은 침대도 있고 옷장도 있다. 텔레비전도 있고 성모상도 있다. 빈민촌에 비하면 그야말로 하늘과 땅 차이다. 집뿐만 아니라 입고 있는 옷도 다르다. 얼굴 표정도 다르고 피부 색깔도 다르다. 이 집 식구들은 남편이 받는 월 삼백 달러로 잘 사는 편이다.

빌마와 함께 이웃집으로 간다. 나의 방문을 거절하는 사람이 없다. 거절해도 소용이 없다. 빌마가 막무가내니 웃으면서 허락할 수밖에 없다. 그녀 집 부근에 사는 사람들은 그녀의 집과 비슷하다. 벽돌이나 콘크리트로 집을 지었다. 대문은 철문 아니면 튼튼한 판자로 만들었다. 창에는 유리창이 붙어 있다. 전기도 들어오고 부엌에 수돗물도 나온다. 가스 불로 요리를 한다. 방도 두어 개는 된다. 장롱이 한둘은 있어 집 안도 비교적 정리가 잘 되어 있다. 살림살이도 비교적 깨끗하게 정리되어 있다. 물론 텔레비전과 성모상도 있다. 집들 모양과 살림살이들이 너무 비슷하여 재미가 없다. 차라리 이 동네의 가난한 집을 구경하고 싶다고 부탁을 했다.

골목길을 지나 조금 떨어진 곳으로 갔다. 집 모양을 보고 단번에 알 수 있다. 벽돌로 대충 벽을 만들어 지은 집이다. 벽돌 이음새가 매끄럽지 못하다. 겉은 벽돌로 되어 있지만 전체적으로는 움막처럼 보인다. 지붕을 비닐 거적으로 대충 덮은 걸 보니 한눈에 알 수 있다. 이 곳은 부모 없는 아이들을 친척 처녀가 돌보고 있단다. 처음에는 낯선 이의 방문을 강하게 거절한다. 빌마 아주머니가 강하게 부탁해도 막무가내다. 돈 몇 푼을

주겠다고 했더니 집 안에 들어오라고 한다. 역시 돈의 힘은 세다.

아이 세 명이 나를 반가이 맞이한다. 침대 위에 뛰어올라갔다가 뛰어내리는 둥 난리가 났다. 이 집 침대도 말이 침대지 그냥 나무로 대충 못질 해서 만든 것이다. 여기도 장롱이 없으니 옷과 세간이 이 구석 저 구석에 널려 있다. 그래도 상당히 정리된 편이다. 부엌에는 창틀만 있고 유리 창문은 없다. 부엌칼과 도마와 식기가 깨끗하게 정리되어 있다. 가스레인지도 있고, 플라스틱 통도 여럿 있다. 역시 빈민촌과는 차이가 난다. 식탁도 있고 의자도 있다. 물론 말이 식탁이고 걸상이지 우리나라 시골 학교 책걸상보다 못한 수준이다. 그냥 겨우 앉아서 밥을 먹을 정도이다. 머리를 들어 천장을 본다. 벽은 엉성하지만 지붕은 제대로

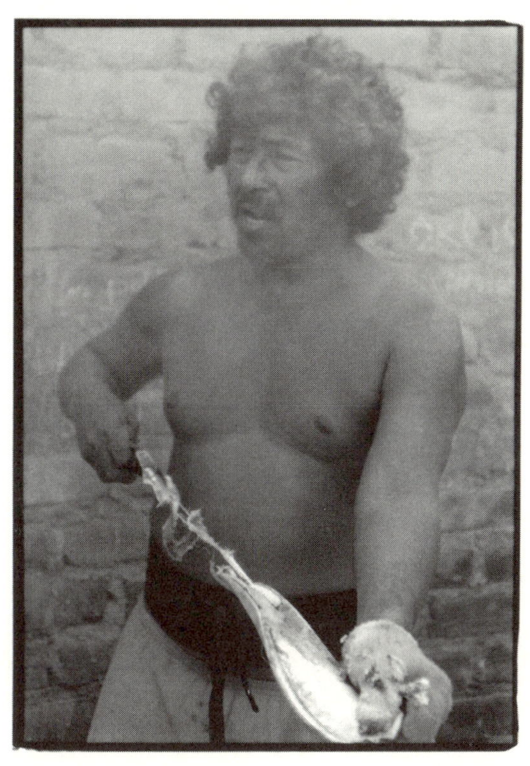

덮혀 있다. 아이들과 사진을 찍고 장난도 거니 소녀도 얼굴이 풀린다. 긴장했던 얼굴이 이제는 좀 풀린 모습이다. 빌마 아주머니가 수다를 떤 것도 작용을 했으리라.

사진을 몇 장 더 찍고 집앞에서 동네를 내려다본다. 소녀가 다가오더니 자기를 한국으로 데려가 달라고 말한다. 깜짝 놀라 무슨 말이냐고 되묻는다. 자기도 한국에 가고 싶다고 한다. 여전히 좀 이외라는 마음에 왜냐고 물었다. 자기도 한국에 가서 일하고 싶단다. 무슨 일을 할 수 있느냐니까 뭐든지 할 수 있단다. 돈을 많이 벌려면 일본이나 미국에 가는 게 낫다고 말했다. 그랬더니 그 나라들은 어디에 있느냐고 물었다. 마치 무작정 상경하려는 시골 처녀 같다는 생각이 든다. 옆 골목에서 고무 타는 냄새가 진동을 한다. 그 곳으로 발

길을 옮긴다. 중년의 남자 둘이서 낡은 신발을 불에 데워 신발의 고무바닥을 뜯어 낸다. 그
것을 모아서 판단다. 내가 한국에서 왔다고 하니까 자기도 한국에 가고 싶단다. 무슨 일을
할 거냐고 물었다. 한국에 가서도 신발의 고무바닥을 떼는 일을 하겠단다. 적어도 리마에
사는 사람들은, 한국은 아주 잘 사는 나라로 인식되어 있는 듯하다.

또다른 한 집에는 열살 정도의 소년이 돌멩이로 삶은 달걀의 흰자를 찧고
있었다. 이 아이는 환자란다. 머리도 아프고 가슴도 답답하다는 것이다. 아픈 아이가 자
기 약을 마련하고 있는 셈이었다. 달걀가루에 레몬을 섞어 먹으면 그 병이 낫는다고 한다.
아이의 엄마는 아주 자신 있게 말한다. 대단한 믿음이다. 엄마는 아이가 마냥 대견스러운

모양이다. 대견스럽다는 듯 아이의 머리를 계속 쓰다듬는다. 이 집 아주머니가 쓰다듬는 것은 그뿐이 아니다. 이 집에서 키우는 지니 피그도 귀여운 모양이다. 내가 말하지도 않았는데 지니 피그를 한 마리 붙잡고 계속해서 머리를 쓸어 내린다. 지니 피그는 귀한 손님에게만 대접하는 이 곳의 귀한 음식이다. 물론 내게 요리를 대접하겠다는 뜻은 아니다. 안데스 산맥 지역에서는 이 놈을 부엌에 키운다. 춥기 때문이다.

가파른 언덕을 더 올라가 본다. 뚱뚱한 페드로는 숨이차서 가빠한다. 따라오지 말고 그냥 밑에서 기다리라고 했다. 산 정상에서 냄새가 풍겨온다. 다가가보니 그곳은 돼지우리였다. 돼지 두 마리가 산정상에서 자라고 있었다. 그것도 산 아래 인간들을 내려다보면서. 나를 따라온 동네 꼬마 녀석들은 내가 놀라는 모습에 즐거워 깔깔대고 웃는다. 다시 산 아래로 발길을 천천히 옮긴다. 아래쪽 길에는 낯선 차림의 할머니가 집 앞에서 파를 이고 있었다. 사진을 찍겠다고 하니 무슨 말인지를 계속 중얼거린다. 빌마 아주머니가 들어보더니 잉카 후손들이 쓰는 깨추아어를 사용한다는 것이다. 사진을 좀 찍자고 말해도 안 된다고 말했다. 돈 낼 필요가 없다고 말하니, 그 때서야 좋다고 했다.

빌마가 적극적으로 나서는 바람에 여러 집을 돌아 볼 수 있었다. 그녀에게 고맙다는 말을 전했다. 그랬더니 자기는 수고비를 받아야 한다고 말했다. 약간의 돈을 주었더니 행복한 얼굴이다. 그리고는 곧바로 아들과 함께 가게로 달려간다. 아들과 함께 과자 한 봉지와 아이스크림 한 개를 손에 들고 다시 온다. 아주 행복한 얼굴이다. 그러더니 언제 다시 사진 찍으러 오겠느냐고 물었다. 그리고 전화하면 기다릴 테니 꼭 다시 오라고 신신당부를 했다.

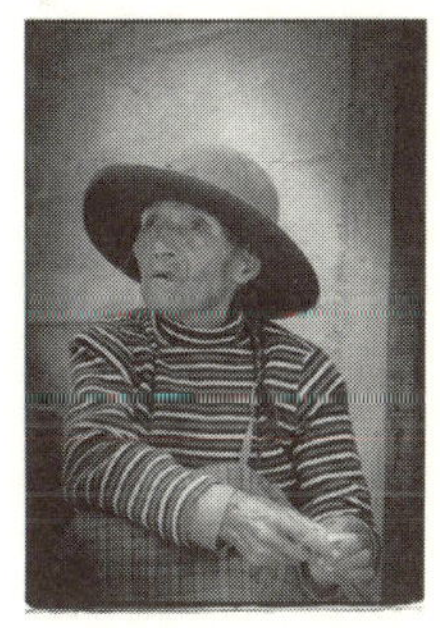

문명 이전의 세계, 만차이

리마 부근의 신설 동네에 사는 사람들은 거의 모두가 외지에서 이 곳으로 이주한 사람들이다. 주로 고산 지대에서 온 사람들이다. 척박한 고산지대에 살기 힘들어 이 곳 대도시로 온 것이다. 큰 기대를 하고 이 곳으로 왔지만 직업을 구하지 못해 대부분 최저 생활을 했다. 운이 좋은 사람들은 리마 시내에서 막노동을 하거나 또는 리마 변두리의 농장에서 일한다. 그나마 그런 일을 구하는 것도 여간 어려운 것이 아니다. 일거리를 구하지 못한 사람들은 구걸을 하거나 도둑질이나 길거리에서 못된 짓을 한다.

리마 외곽의 황량한 땅에 수십년 전부터 사람들이 몰려들기 시작했다. 그 때 정부는 공권력을 동원해서 이 곳으로의 이주를 막으려고 했지만 역부족이었다. 거의 내전 수준으로 치달았기 때문이다. 인구 통계를 보면 1919년에 리마 인구는 17만 명 정도였다. 계속 주민이 증가하여 현재는 8백만 명이다. 우리나라도 1930년대 서울 인구는 30만 정도였는데 현재는 천만 명인 것이다. 지구의 정반대에 있는 리마와 서울은 도시 성장 속도가 거의 비슷하다고 할 수 있을 것 같다.

　　리마 부근의 최대 빈민촌은 만차이라는 곳이다. 리마 시내를 벗어나 한참을 가야 한다. 빈민촌에 가기 전에 부촌을 지나게 되어 있다. 리마 시내를 조금 벗어나면 있다. 부촌은 리조트 옆에 있다. 여기는 치안 상태가 시내보다 나을 것 같은 인상을 준다. 그리고 고산지대에서 만년설 녹은 물이 1년 내내 이 곳을 흐른다. 그리고 시내로 이어지는 직통의 넓은 도로가 이 곳을 지난다. 이 곳은 교통, 치안, 환경이 시내보다 좋은 곳이다. 부자들이 사는 이곳의 집들은 그 크기가 엄청나다는 것을 단번에 알 수 있다. 대충 눈짐작을 해봐도 조그마한 우리나라 초등학교 교정의 넓이다. 한 집에서는 두 명이 말을 타고 동시에 대문을 통과한다. 대개 그렇듯이 빈민촌은 부촌 곁에 있다.

여기서 차를 타고 조금 더 가면 거대한 빈민촌인 만차이가 나온다. 얼마나 넓은 지역인지 택시를 타고 가도 통과하는 데 한 시간이 걸린다. 물론 포장이 되지 않아 시간이 많이 걸린다. 포장이 되었다고 하더라도 적어도 20분은 걸릴 정도로 넓은 지역이다. 만차이는 빈민촌이라기보다 전혀 다른 세상이라고 하는 것이 맞다. 우리 문명 세계와는 전혀 다른 원시 세계라고 해야 할 것이다. 이 곳도 나무 한 그루 풀 한 포기는커녕 선인장류도 못 자라는 건조지역이다. 연 강수량이 너무 적기 때문이다. 이 곳은 모래와 돌로 이루어져 있어 마치 사막을 연상시킨다. 강이 지나는 곳을 제외하면, 푸른색은 구경조차 못하니 사막이라고 해야 할 것이다. 바람이 불어 모래가 자꾸 날린다. 흙먼지와 모래가 눈길을 막고 콧구멍을 덮친다.

그 너른 지역에 사람들은 자기 땅을 표시하여 집을 짓고 산다. 어떤 이는 넓게 자리를 차지하고, 어떤 이는 좁게 차지하고 있다. 어떤 이는 경사가 완만한 지역에, 어떤 이들은 경사가 제법 가파른 곳에 집을 짓고 살아간다. 어떤 집은 철조망으로 경계를 짓고, 어떤 집은 판자 몇 개로 담장을 만들어 놓았다. 어떤 집은 아예 담장도 없다. 어떤 집은 콘크리트와 벽돌을 이용해 제법 번듯하게 지어 놓았다. 어떤 집은 싸릿대 비슷한 것으로 벽을 만들었다. 이 중에서도 다시 빈부 차이가 나는 셈이다. 한 가지 공통점은 전기도 없고 수도도 없다. 또 대부분의 마을에 사람들이 별로 눈에 띄지 않는다. 모두가 일을 나갔거나 어디론가 나갔기 때문이라다. 또다른 공통점은 사진 찍기를 거부한다는 것이다. '유능한' 페드로도 통하지 않는 사람이 여럿 있었다. 이들은 카메라 렌즈를 마귀의 눈이라고 생각하기 때문이었다.

페드로가 오랜 노력 끝에 드디어 성사를 했다. 한 중년 남자는 자기 식구들 사진을 찍어도 좋단다. 그의 집 앞에서 가족사진을 찍는다. 찍고 난 다음에 아이들에게 잉카 콜라를 한 병 사달란다. 집안 구경을 좀 하자고 사정을 해보지만 허탕이다. 집 안을 보여 주면 잉카 콜라 세 병을 사주겠다고 했지만 통하지 않았다. 웬놈의 자존심인지. 그집이 그집이겠지

하면서 자위를 한다. 그 집 뒤편으로 슬슬 올라가본다. 이 동네도 사람이 거의 없다. 발길
을 더 옮겨도 개들만 짖어댄다. 텅 빈 집들이 덩그러니 먼지만 뒤집어쓰고 있다.

차를 타고 다른 마을로 간다. 이 곳은 모래 언덕이 거대하게 펼쳐져 있다. 10도 정도의
완만한 경사에 이루어진 거대한 모래 언덕이다. 낮은 지대에서 불어오는 바람이 뿌연 먼지
를 일으켰다. 작은 모래가 날려 얼굴에 부딪힌다. 거기다 햇살이 뜨거워 눈이 부신다. 입술
도 자꾸만 탄다. 물을 마셔도 금방 갈증이 났다. 낮은 지역에는 여러 집이 흩어져 있었다.
그러나 좀 높은 지역에는 빈터로 남아 있다. 저 곳도 머지않아 사람들이 자리를 잡고 집을

지을 것이다. 고산지대에서 청운의 꿈을 안고 이 곳으로 올 것이라는 상상을 해 본다. 젊은 아주머니가 어린아이 한 명하고 사는 집을 방문했다. 말이 젊은 아주머니는 20세도 되지 않아 보였다. 어린아이가 어린아이를 낳은 것 같았다. 그런데 남편이 며칠째 행방불명이란다. '어린' 아주머니의 얼굴이 무척 어두워 보인다. 집은 비교적 넓은 터에 자리잡고 있었다. 마당 곳곳에 길거리에서 주워온 듯한 잡동사니들이 덩그러니 놓여 있다. 한 편에는 커다란 개 한 마리가 방문객을 무관심한 눈으로 바라본다. 집 안을 살펴보았다. 이처럼 지저분한 집도 처음이다. 침실도 부엌도 파리가 너무 많다. 마치 파리를 키우는 듯하다. 오물을

곳곳에 뿌린 듯하여 냄새가 진동을 한다. 숨쉬기조차도 거북스럽다.

　말이 침실이지 캠핑장의 텐트보다 나을 것이 없다. 그냥 나무 조각 몇 개를 연결하여 땅바닥보다 조금 높게 한 것이 전부다. 부엌도 말이 부엌이지 조그마한 책꽂이 같은 것이 있고, 취사도구가 몇 개 놓여 있는 것이 전부다. 도마와 식기는 언제 씻었는지 모르겠고, 이것들이 바닥에 그냥 뒹굴고 있었다. 그리고 그 '책꽂이'에는 감자 몇 개와 당근 몇 개가 전부였다. 이것이 이 집의 식량이었다. 이 집은 집 안이 얼마나 더러운지 칼라 사진을 찍을 수 없을 정도였다. 냄새와 파리 때문에 더 이상 머물 수가 없었다. 그와는 대조적으로 집 바깥에는 작은 나무와 꽃도 심어놓은 조그마한 정원이 있다. 안과 밖이 이처럼 극단적인

대조를 이룬다. 집 안은 여름철의 쓰레기통인데, 집 바깥은 꽃과 나무가 있다. 지붕에는 비둘기 집이 두 개 높이 솟아 있다. 평화를 사랑하는 사람이라는 생각을 잠시한다. 그러나 실제는 먹을 게 없어 비둘기를 잡아먹는 것이다.

　길 하나를 사이에 두고 있는 이웃집을 방문한다. 이 집은 대지가 아수 넓다. 사실은 봉이 김선달 같은 사람들이다. 사유지가 아니라 국유지일 텐데, 그 곳에 무단으로 점거하고 있기 때문이다. 나뭇가지를 모아 담장도 만들었고, 집의 담장도 흙벽돌로 쌓았다. 단번에 부지런한 사람이라는 것을 알게 된다. 이 곳은 사막과 같은 곳이라 나뭇가지 하나, 흙벽돌 한 장을 구하기도 쉽지가 않기 때문이다. 집도 제법 크다. 방이 네 개나 되고 집 안도 깨끗

하다. 조금 전의 집과 너무 대조가 된다. 그뿐이 아니라 이 집 주인의 나이도 조금 전 집과 대조가 된다. 나이가 많은 할머니가 혼자 살고 있다. 부엌도 깨끗하고, 식기도 여러 개가 정리되어 있다. 냄비에는 방금 요리한 듯한 찌게가 담겨 있다. 그런데 이 집 부엌에도 닭장에 비둘기가 가두어져 있다. 몸의 평화를 위해 평화의 상징을 먹는 모양이다. 마지막 방에는 남편과 자식들의 사진이 벽에 걸려 있었다. 십자가도 걸려 있다. 마당에는 두 마리의 개가 어슬렁거리고 있어서 빈민촌 내에서의 또다른 빈부차를 보는 듯하다. 길 하나를 사이에 두고 벌어진 빈부의 차이다.

차를 타고 조금 더 간다. 바람에 날리는 모래와 흙먼지로 눈과 코가 괴롭다. 목도 탄다.

모래 언덕의 또 다른 편에는 '부자' 들이 산다. 몇 천 평 정도 되는 터를 잡아 철조망으로 담장을 쳤다. 그리고 그 안에는 바나나 나무를 심어 놓았다. 한참 떨어진 강에서 물을 길어 와 바나나 나무에 물을 줄 것이다. 그러나 집은 거의 움막과 같다. 이런 주거 사정은 리마 부근과는 다르다. 리마 부근의 집들은 그야말로 조그마한 판잣집들이다. 시내 가까이에 사는 빈민들은 가파른 언덕에 닥지닥지 집을 짓고 산다. 산사태라도 나면 큰 재앙이 일어날 수밖에 없다. 그러나 비가 거의 오지 않으니 불행 중 다행이라고 할 수 있을 것이다. 그런 면에서 이 곳 만차이에 사는 사람들은 그들보다는 사정이 나은 편이다. 그러나 교통이 여간 나쁘지 않다. 대중교통이 없으니 걸어서 그 언덕을 넘어 일하러 다닌다. 그래서 누런 색깔의 언덕에 하얀 길이 나 있다. 마치 눈 온 다음에 난 발자국처럼.

　아, 만차이 — 그 곳은 돌과 모래와 바람과 더불어 빈곤이 함께 하는 곳이다. 전기도 수도도 없는 곳이다. 밤이면 완전한 어둠이 내려앉는 곳이다. 바람과 모래와 먼지와 함께 어둠이 지배하는 세상이다. 문명 세계와는 전혀 다른 세상이다. 이 곳도 큰 십자가가 필요한 곳이다. 이 땅의 물질적 어려움을 잠시나마 위로해 줄 십자가가 필요한 곳이다. 아니나 다를까, 가장 높은 언덕을 바라보니 거대한 십자가가 서 있었다. 그뿐이 아니다. 길 아래에서 언덕에 이르는 몇 킬로미터의 길에 적어도 수백 개의 작은 십자가가 서 있었다. 커다란 십자가와 수많은 작은 십자가가 이들의 고단한 마음을 달래주는 것인지도 모른다.

3. 고산 지역

잉카제국의 수도 쿠코스와 잉카 시장

남미로 여행을 떠나는 사람들은 반드시 페루를 들러가게 된다. 페루는 남미 관광의 핵심이기 때문이다. 세계 곳곳에서 몰려드는 수많은 관광객들은 잉카의 고도 쿠스코를 보기 위해 찾아온다. 좀더 구체적으로 말하면 쿠스코를 거쳐 마추피추에 가려고 한다. 그러므로 마추피추는 남미 관광의 백미다. 물론 쿠스코 자체만으로도 관광객을 불러들이기에 충분하다. "세상의 배꼽"이라는 의미를 지닌 쿠스코는 잉카제국의 수도였다. 이 곳에는 잉카 이전, 잉카 제국 시대, 식민지 시대 그리고 현대 건물이 함께 어우러진

고도이다. 모든 관광객들의 동경을 받고 있는 쿠스코지만, 이 곳에 가는 것은 쉽지가 않다. 그 이유는 백두산보다 더 높은 해발 3326미터에 위치하기 때문이다. 그래서 관광객에게는 언제든 고산병에 걸릴 위험이 있다.

모든 여행안내서에는 점차 고도를 높여 쿠스코에 갈 것을 권고한다. 고산병을 피하려면 이처럼 천천히 높은 지역으로 올라가면 그 위험이 감소하기 때문이다. 그래서 많은 사람들은 버스를 타고 해안을 따라 남쪽으로 내려가, 아레끼빠를 거쳐 쿠스코에 간다. 그러나 필자는 마추피추를 보고 싶은 조급함에 리마에서 비행기를 타고 쿠스코로 직행하기로 결심했다. 이런 조급함 말고도 필자의 그간 경험이 좀 건방진 생각을 갖게 했다. 쿠스코보다 더 높은 3800미터의 일본 후지산도 당일치기로 다녀왔고, 또 그보다 더 높은 4300미터의 히

말라야 안나푸르나 베이스캠프도 다녀왔지 않던가. 그보다 1천미터나 낮은 곳인데 어떻겠느냐는 건방을 떨었다. 이 정도는 견딜 수 있을 것이라고 확신했다.

하지만 해안도시 리마에서 비행기를 타고 쿠스코에 내리는 순간 곧 시건방진 생각을 후회하기 시작했다. 고도가 갑자기 3천미터 정도가 높아졌기 때문이다. 어질어질하고 숨이 가빠진다. 머리도 띵하다. 이것은 고산지대에서 산소가 부족하기 때문에 생기는 고산병이다. 신체에 산소 공급이 부족하여 호흡이 가빠지고 심장박동도 빨라진다. 머리도 아프고 어질어질하고 만사가 귀찮아진다. 좀 심하면 구토까지 하고, 더 심하면 죽음에까지 이르게 되는 것이 고산병이다. 이럴 때는 조금 낮은 지대로 이동하면 대개 해결이 된다. 그 곳에서 몸이 적응을 하면 천천히 다시 높은 곳으로 이동하면 된다. 낮은 곳으로 이동하는 것도 번거로워 그냥 버티기로 마음을 먹는다.

제일 먼저 잉카 후손들이 모이는 장터로 갔다. 쿠스코의 뒤편으로 해서 더 높은 지대로 올라간다. 택시 뒤편에 앉아 금붕어처럼 물만 마신다. 그래도 걷지 않으니 견딜만 하다. 길 옆에는 돼지를 몰고나와 풀을 뜯게 하는 사람들이 있다. 이 곳 돼지들은 우리나라 돼지보다 훈련이 잘 되어 있는 모양이다. 이런 저런 광경을 보면서 더 높은 곳으로 계속 올라갔다. 택시에서 내려 주위 풍경과 고산지대 마을을 살폈다. 걷기가 더 힘들어진다. 고도가 더

높아졌기 때문이다. 다시 건방진 마음을 후회하지만 이미 때는 늦었다. 좀더 올라가니 고지대에 평지가 펼쳐지고 풀밭이 전개되었다. 그 뒤로 만년설을 뒤집어쓴 아우산가테 산이 6380미터의 그 큰 높이의 위용을 자랑하고 있었다.

　　고지대의 평지에는 넓은 풀밭이 펼쳐진다. 그 풀밭에는 목동이 산양을 방목하고 있었다. 어린 목동은 낯선 이의 방문을 신기해하면서 어린 양을 안고서 자랑해 보인다. 또 어린 소녀는 조랑말을 타고 달리면서 말타는 실력을 자랑했다. 이 아이들의 피부들은 검다. 때를 씻지 않아서 그런지 손도 팔도 피부가 아주 거칠다. 애처롭기까지 하다. 아이들이 입고 있는 옷은 한번도 세탁을 한 적이 없어 보인다. 옷과 피부가 온갖 때와 먼지로 덮혀 있는 것 같다. 필자의 논산 훈련소 시절보다 더 심한 것 같다. 머리카락은 우리처럼 아주 까맣다. 그렇지만 철사처럼 딱딱해 우리 방식으로 해석을 하면 모두가 고집불통인 것 같은 모양이다.

　　드디어 잉카 시장에 도착했다. 사람들이 왁자지껄하고 번잡스럽다. 모두가 화려한 색상의 옷을 입고, 모자를 머리에 쓰고 있었다. 자신들이 손으로 만든 온갖 물건들을 땅바닥에 늘어놓고 팔았다. 잉카시절의 전통악기도 팔고, 그들의 의상도 판다. 모자와 옷감도 팔고 가방도 판다. 모두가 화려한 색상이다. 그리고 한쪽 옆에서 음식도 팔았다. 물고기를 기름에 튀겨 팔기도 하고, 콩 같은 것을 불에 익혀 팔기도 했다. 우리나라의 막걸리 같은 것도

판다. 좌판이 없이 모두가 바닥에 자리를 깔고 팔고 있었다. 우리나라의 재래시장을 연상시켰다. 차이가 있다면 사람 생김새가 다르고, 모두가 모자를 쓰고 있다는 것이었다. 그런데 더 큰 차이가 나는 것이 있었다. 그것은 이 곳에서 거래되는 물건들의 색깔이 아주 화려하다는 것이었다. 아니 자극적이라고 해야 옳을 것 같다. 여기서 팔리는 물건뿐이 아니다. 그들이 입고 있는 옷 색깔도 팔고 있는 물건과 잘 어울렸다. 모자 색깔도 마찬가지였다. 시장답게 거지들도 있었는데, 늙은 노인 두세 명이 구걸을 했다. 어린아이와 같이 있는 아주머니에게, 가족사진을 한번 찍자며 온갖 아양을 떨어본다. 아주머니는 뜨개질을 하고 있었다. 뜨개질한 모자와 가방 등을 판다. 아주머니에게 겨우 승낙을 얻어 사진기를 꺼내는 순간, 누군가가 "캔 아이 메이커 어 픽쳐 오브 유(사진 한 장 찍어도 됩니까)?" 하면서 셔트를 눌렀다. 재주는 곰이 넘고 돈은 누가 번다는 말이 생각나는 순간이었다.

고산족의 힘든 생활

　고산병 징후가 여전히 나타난다. 계속해서 어지럽다. 걷기도 힘들고 만사가 귀찮다. 오늘은 다행히 고산족의 생활을 살펴볼 수 있는 기회가 생겼다. 고산족의 생활을 살펴보려고 한 것이 원래 계획이 아니었던가. 커다란 행복감에 잠시 고산병을 잊는다. 우연히 만난 소년이 자기 집으로 안내하겠다는 것이다. 택시를 잡아 흥정을 한다. 택시 운전사와 흥정하는 것은 이젠 이골이 났다. 이 나라의 어디를 가든 택시 가격을 흥정해야 된다. 피곤한 일이다. 불필요한 에너지를 낭비하기 때문이다. 택시를 타고 쿠스코 뒤편 산길을 계속 올라갔다. 택시 운전사 얼굴이 편치 않다. 길이 패여 차 바닥이 자꾸 길 위의 돌멩이와 부딪치기 때문이다. 운전사의 운전 실력이 썩 좋은 것은 아닌 것 같다. 낡은 일본차는 길바닥의 돌멩이와 흙과 부딪치면서 계속 산 위로 올라갔다. 운전사한테 미안하기 짝이 없다. 한참을 올라가더니 더 이상은 올라 갈 수가 없단다. 차라리 잘 되었다. 미안한 마음에 그냥 앉아 있기가 미안했기 때문이다. 운전사에게 기다리라고 말했지만, 어디서 차를 돌릴까 걱정이 앞섰다.

　그렇지만 그런 걱정들은 금방 잊게 된다. 비스듬한 산길을 계속 올라가야 하기 때문이다. 숨이 치고 호흡이 기빨라진다. 눈앞이 흐릿흐릿해지는 것 같고 머리가 멍청해진다. 물만 계속 마신다. 소년은 기다가 말고 자주 나를 기다린다. 몇 번을 어디까지 가야 하느냐고 묻는다. 조금만 더 가면 된단다. 물을 마시며 천천히 발길을 옮긴다. 힘들어 그만 포기하고 싶다. 그래도 고산족의 생활을 볼 수 있는 기회인데 하면서 재촉을 해 본다. 그렇지만 한 발짝만 더 옮기면 숨이 차고, 또 한 발짝만 더 옮기면 입가에 물통을 가져가게 된다. 얼마를 더 가면 되느냐고 다시 묻는다. 산모퉁이만 돌아가면 된다고 한다. 숨이 차서 도저히 못 걷겠다. 고산족이고 나발이고 사람이 우선 살고 봐야겠다. 길가에 주저앉는다. 걸어온 길을 돌아보니

포기하기에는 너무 먼 길을 올라왔다.

심각한 얼굴을 하고, 정말 어디냐고 하면서 묻는다. 손을 들어 앞쪽을 가리킨다. 산 위에 집이 몇 채 보인다. 까마득히 가파른 길을 한참 더 올라가야 했다. 그것도 조그만 도랑을 건너가야만 한다. 그러니까 다시 내리막길을 내려가 도랑을 건너 다시 산 위로 올라가야 되는 것이다. 이런 괘씸한 놈 하는 소리가 입에 절로 나온다. 진작 말했으면 포기하고 말았지. 다시 뒤를 돌아본다. 포기하기에는 너무 먼 길을 왔고, 계속 가자니 보통 일이 아니다. 고산지대에서 저산소 상태가 계속되면 뇌세포가 죽는다고 한다. 이러다가 머리가 더 나빠지는 건 아닌가 하는 두려움마저 든다. 한 발짝을 옮기고선 잠시 멈추어 숨을 몰아쉰다. 그리고 또 한 발짝을 옮기고선 물통에 손이 나도 몰래 간다. 그래도 입술은 계속 바삭

바삭 탄다.

천신만고 끝에 드디어 그 집에 당도했다. 집 앞 언덕에 풀썩 주저앉았다. 앉아서 가쁘게 숨을 몰아쉰다. 금방이라도 토할 것 같다. 멍청히니 앉아서 물만 벌컥벌컥 계속 들이키니 그 집 식구들이 그런 나를 보고 빙그레 웃는다. 그래도 고산족의 생활을 볼 수 있게 되었으니 얼마나 다행하냐고 위로를 한다. 겨우 정신을 차리고 주위를 살폈다. 집의 벽은 흙벽돌로 되어 있고, 지붕은 지푸라기로 덮여 있었다. 외형만으로는 꼭 우리나라의 옛날 시골집 같다. 다만 전기가 없으니 집 안은 대낮인데도 컴컴하다. 창문으로 뚫어 놓은 구멍과 출입구에서 들어오는 햇살이 전부다. 유리로 창문을 막고 출입문을 달면 밤에는 좀 따뜻할 텐데 하는 생각이 들었다. 이 곳은 3800미터 정도의 고산지대이기 때문에 해가 지면 몹시 춥

다. 여기서 가장 추운 달은 우리의 한여름인 7월과 8월이다. 그리고 가장 더운 때는 11월부터 1월까지이다. 이들에게 힘든 것은 연중 기온 차이가 아니라 일교차이다. 하루 일교차가 무려 16도에 이르기 때문이다.

부엌에서 여자들이 열심히 움직인다. 금방 일꾼들이 오기 때문에 빨리 식사 준비를 해야 된다고 한다. 조금 있으니 20여 명의 일꾼들이 몰려왔다. 이들은 공동으로 작업을 한다. 우리나라의 계 같은 것을 만들어 오늘은 이집 일, 내일은 저집 일을 한다. 오늘 하는 일은 협동으로 산을 개간하는 것이었다. 삽과 손이 이들의 유일한 연장이다. 삽으로 풀밭을 파고 손으로 그 땅을 뒤집어 밭으로 만든다. 그리하여 그 곳에다 옥수수와 감자 등을 심는다. 오늘은 이 집의 일을 했으므로, 여기서 같이 점심을 먹는다. 이 집 뒤편에 있는 풀밭에 비

닐을 펴고 그 주위에 20명의 일꾼이 둘러앉았다.

부엌에서 큰 플라스틱 통을 날라 왔다. 그것을 비닐에 쏟아 붓는다. 그것은 삶은 감자와 옥수수였다. 모두가 손을 뻗어 감자와 옥수수를 먹는다. 나도 와서 먹으란다. 감자가 정말 맛있다. 그리고 옥수수도 맛본다. 옥수수 알맹이가 우리나라 옥수수 알맹이보다 다섯 배 정도는 큰 것 같다. 그럼에도 부드럽고 맛이 좋다. 내가 보통 때는 잘 먹지 않는 음식인데도 자꾸 손이 갔다. 신토불이라고 했던가. 감자와 옥수수는 이 곳 안데스가 원산지가 아니던가. 1990년대 우리나라에서 유행하던 캐치프레이즈가 신토불이이다. 즉 사람의 몸과 그 사람이 태어난 고장의 토양은 밀접한 관련이 있다는 뜻이다. 농협중앙회가 널리 퍼뜨린 이 말은, 한국에서 생산된 농작물이 한국인의 체질에 맞는다는 말이다. 우루과이라운드로 나라가 어수선할 때 이 캐치프레이즈는 얼마나 많은 사람의 가슴을 울렸던가. 그런데 감자와 옥수수는 이 곳이 그 원산지이다.

고산지대에 사는 이들의 주식은 감자와 옥수수, 그리고 보리이다. 고기, 우유, 계란 등을 먹는 경우는 거의 없다. 이 고산지대에 살 수 있는 짐승은 라마와 알파카 등에 불과하기 때문에 단백질을 섭취하기가 쉽지 않다. 이런 편식으로 인해서 유아 사망률도 높다. 그리고 이들은 그들의 조상보다도 키가 더 작다. 잉카인의 미라를 보면 평균 신장이 175센티미터인데, 오늘날 이 곳 잉카의 후예들은 키가 155에 불과하다. 이것이 이들의 잘못된 식사 습관 때문이란다. 그렇다고 해결이 쉬운 것도 아니다. 이런 척박한 환경에서 살 수 있는 짐승은 많지 않기 때문이다. 그러고 보면 인간의 환경 적응력은 보통이 아닌 것 같다. 고산족은 쉽게 늙고 평균 수명도 길지 않다. 그것은 코카 잎에 그 원인이 있다. 힘든 노동을 잊기 위해 이들은 코카 잎을 씹는다. 이것이 이들의 건강을 해친다. 코카 잎은 피로, 배고픔, 갈증, 추위 등을 잊게 해 준다. 잉카 시절에 코카 잎은 국가가 관리하여 귀족들만 씹을 수가 있었지만 오늘날에는 누구나 구할 수 있다. 오늘날에는 코카 잎으로 차를 끓여 마시기도 하고 그냥 생 이파리를 씹기도 한다. 어떻게 보면 이런 척박한 환경에서 살기

위해서는 어쩔 수 없지 않은가 하는 생각도 든다. 일은 고되고 또 춥고 배고프기 때문이다.

고산지대에서 농사를 짓는 것도 쉽지가 않다. 거기다 농산물 가격이 싸기 때문에 생필품을 구하기가 쉽지 않다. 그리고 날씨가 춥다. 이런 악조건을 견디지 못하는 사람들은 대도시로 이주를 한다. 리마와 같은 대도시에 가더라도 일자리를 구하기 어렵지만 무작정 상경을 한다. 고산지대에 사는 것이나 리마 부근의 빈민촌에 사는 것이나 힘든 것은 마찬가지인 것 같다. 꼬마들은 낯선 방문객과 카메라에 신이 났다. 내 주위를 빙빙 돌았다. 그리고 찍은 사진을 보여 달란다. 디지털 카메라가 없는 것이 유감이다.

이들과 작별을 하고 산을 내려온다. 다리가 날 듯이 가볍다. 어지러움과 두통도 사라졌다. 숨도 이제는 가쁘지 않다. 실제로 낮은 지역으로 내려오는 것이 고산병을 치유하는 가장 간단한 방법이다. 이제는 주위의 산야도 즐길 수 있고, 흐르는 물소리도 들을 수 있었다. 하늘은 더 없이 맑고, 햇살은 한없이 따사롭다. 이제 정신이 드는 것 같다. 며칠간 시달리던 고산병도 이제는 완치가 된 듯하다. 산길 옆의 풀밭에서 할머니와 어린아이 둘이 함께 앉아 있다. 아이 둘은 할머니 주위에 조용히 앉아 있었다. 할머니는 양털로 실을 잣는다. 그 옆에는 아이의 어머니인 듯한 젊은 아주머니가 낫으로 풀을 벤다. 또 한참을 내려오니 아이를 등에 업은 아주머니가 라마를 몰고 어디론가 간다. 조랑말과 같이 노는 아이도 만났다. 정겨운 풍경이다.

티티카카 호수에 흩어져 있는 60여개의 갈대섬

티티카카 호수로 가는 버스에 몸을 싣는다. 티티카카 호수는 항해가 가능한 호수 중에서는 가장 높은 곳에 위치한다. 말이 호수지 바다처럼 넓다. 길이가 170킬로미터, 폭이 70킬로미터에 이르는 거대한 호수다. 수심은 깊은 곳이 무려 2000미터를 넘는다. 거기다 호수의 해발은 무려 3820미터이다. 우리 백두산보다도 높은 곳에 호수가 있는 것이다. 이렇게 높기 때문에 공기는 더없이 맑고, 햇살은 피부를 찌르는 듯이 따갑다. 티티카카 호수 자체는 그 신비로움과 아름다운 풍경으로 많은 사람들을 불러모은다. 거기다 티티카카 호수의 섬에 사는 주민들의 독특한 생활문화를 볼 수 있어서 사시사철 관광객이 몰려든다. 이 곳 티티카카 호수의 섬에 사는 사람들에게 스페인어는 통하지 않는다. 깨추아어와 아이마라어가 제1언어이기 때문이다.

25인승 버스에 관광객이 꽉 들어찼다. 운전사 바로 옆 자리에 앉았기 때문에 바깥 풍경을 잘 볼 수 있었다. 버스가 출발한 지 조금 지나자, 안내원이 나를 보고 맨 뒷자리가 비었으니 그 곳으로 가라고 한다. 나는 여기가 내 좌석이므로 여기에 앉아 가겠다고 말했다. 거절하기를 잘했다는 생각이 든다. 길가의 풍경을 잘 볼 수 있다. 갈수록 고도가 점점 더 높아진다. 멀리 만년설이 덮인 산이 보이고, 자동찻길 옆에는 잡초 밭이 광활하게 펼쳐져 있다. 곳곳에 작은 늪들도 있다. 버스가 가디가 쉬다가를 반복하니 리마에서 아침에 출발한

버스가 어두워서야 푸노에 도착했다. 푸노는 티티카카 호수 변에 위치한 큰 도시다. 버스는 승객들이 묵을 호텔 앞까지 데려다 준다. 모두가 내리고 버스에 남은 사람은 서넛밖에 없다. 그들도 자신들이 묵을 호텔 앞에 내리고 나 혼자만 버스에 남았다. 내가 예약해 놓은 호텔 이름을 대며 그곳으로 가자고 말한다. 그 곳은 버스가 갈 수 없으니 걸어가라고 한다. 길을 모른다고 했더니 손가락으로 대충 가르쳐 주었다. 호텔에 도착하고 보니 버스가 못 다닌다는 것은 거짓말이었다. 안내원이 결국 나한테 복수한 것이라는 것을 알게 되었다.

아침에 일어나 선크림을 덕지덕지 바른다. 호텔을 나서니 내 모자챙이 작다며 좀 큰 것을 준비하는 것이 좋다고 충고한다. 배가 드디어 티티카카 호수에 들어서니 가슴이 탁 트인다. 태곳적 신비를 간직한, 바다처럼 넓은 호수가 아닌가. 배는 잔잔한 호수를 두 쪽으로 가르며 앞으로 나간다. 티티카카는 마냥 신비로울 따름이다. 크기도, 물 색깔도, 주변 환경도, 모두가 신기할 뿐이다. 그러나 선상에 오래 머물 수가 없다. 피부를 찌르는 듯한 원시적 햇살은 더 이상 견디기 힘들 정도다. 선크림을 충분히 발랐지만 피부가 바싹바싹 타는 듯하다. 마치 철판 위에 놓인 삼겹살이 된 듯하다. 해발이 높아서인지 햇빛도 장난이 아니다. 선글래스를 꼈는데도 눈이 부셔 연신 얼굴을 찡그리지 않을 수 없다.

결국 다시 선실로 들어선다. 선실에 들어서면 후덥지근하고, 선상에 올라서면 햇살이 따갑고 눈이 부신다. 선실과 선상을 오락가락한다. 대략 한 시간 정도 지나니 우로스 섬에 도착했다. 이 섬에는 우로스 족이 사는 곳으로 티티카카 호수에서 최고의 관광지다. 종족을 합쳐 모두 몇 백명 정도밖에 안 되는 사람들이 갈대 인공섬에 살기 때문이다. 이 종족들은 티티카카 호수에서 나는 갈대를 잘라 차곡차곡 쌓아 인공섬을 만들었다. 그러니까 이 섬은 물 위에 떠 있는 것이다. 그래서 이 섬을 우로스 섬이라고도 하지만, 영어로는 물 위에 떠 있는 섬(Floating Is lands)이라고 한다.

우로스 섬들은 섬이라고 하기에는 너무 작다. 하기야 갈대를 잘라 섬을 만들었으니 어떻게 더 이상 크게 만들 수 있을까. 그나마 큰 섬은 지름이 몇 십 미터가 되어 조금 걸을 수가 있다. 그러나 아주 작은 섬은 꼼짝할 수 없을 정도로 작다. 그냥 쪽배 위에 사는 것과 별 차이가 없다. 이들은 갈대를 잘라서 섬을 만들고, 그 위에 갈대로 집을 짓고 산다. 또 갈대로 배를 만들어 이동수단으로 삼는다. 갈대를 말려 땔감으로 사용하고 일부는 먹기도 한다. 그러므로 여기서는 갈대 없이는 모든 것을 생각할 수가 없다. 갈대로 만든 크고 작은 갈대 섬 60여 개가 이곳 저곳 티티카카 호수에 흩어져 있다. 가장 작은 섬에는 한 가족이 외롭게 살고 있다. 그러다 갈대를 점점 더 많이 쌓아 섬이 더 커지면, 다른 사람들과 함께 살 수도 있다. 즉 갈대섬이 감당할 수 있는 숫자만이 그 위에서 사는 것이다. 실제 섬 위에 발을 내디디면 바닥이 푹신푹신하다. 혹 몸이 갈대섬 아래로 쑥 빠지지나 않을까, 조금 겁이 나기도 한다. 그렇지만 가장 큰 섬에는 학교도 있고 우체국도 있다.

우로스 종족들은 몇 백년 전에 이 곳에 갈대 인공섬을 만들어 살기 시작했다. 그것은 잉카족과 코야스족으로부터 종족의 순수성을 보존하기 위해서였다. 물 위에 살면서 외부와 모든 관계를 끊었다. 그렇지만 그들은 그 사이에 그들의 고유 언어인 우로스어는 잃어버리고 현재는 아이마

라어를 사용한다. 이들은 티티카카 호수에서 물고기를 잡아먹고 산다. 갈
대로 만든 배를 타고 나가 물고기를 잡는다. 갈대로 불을 지펴 물고기를
요리한다. 그리고 싱싱한 갈대 뿌리도 먹는다. 오늘날에는 관광객으로부
터 입장료를 받고, 또 그들이 만든 기념품을 판다. 갈대로 만든 움막에서
잠을 잔다.

티티카카 호수에 섬을 만들어 이들이 외롭게 살아간 지 몇
백 년이 지났다. 하지만 이들이 살아가는 모습은 과거나 현재
나 별 차이가 없다. 관광객의 방문을 제외하면 그렇다. 우로스 섬에서
는 몇 백 년이라는 시간이 멈춰버린 것이다.

시간이 멈춘 타킬레 섬

우로스 섬을 떠나 세 시간 정도 배를 타고 가면 아름다운 타킬레 섬에 도착한다. 시릴만큼 파란 하늘과 그 곳에 걸려 있는 솜사탕 같은 하얀 구름들을 바라본다. 티티카카 호수의 파란 쪽빛 물을 한참 바라본다. 그러면 인간 세상을 금방 잊어버린다. 배는 앞으로 나가지만 시간은 잉카시대로 되돌아간다. 문명 이전의 신비도 함께 다가오는 듯하다. 이렇게 넋을 놓고 있으면 화상을 입기 십상이다. 모자를 더 깊이 눌러쓰고 피부가 햇빛에 노출되지 않도록 신경을 써야 한다. 배가 선착장에 도착하면 수백 개가 넘는 돌계단을 올라가야 한다. 천천히 발길을 옮긴다. 호수 자체가 이미 해발 3820미터이기 때문이다. 가는 길이 힘들면 목을 돌려 티티카카 호수를 바라본다. 신비로운 호수의 물 색깔을 보면 다시 힘을 얻게 된다. 마을 입구의 돌문을 지나 경사진 길을 계속 가야 한다. 이미 고도가 4000미터는 될 것이다. 섬 정상의 고도가 4100미터이기 때문이다.

가다가 쉬고 또 가다가 쉰다. 연신 물을 마신다. 가던 길을 멈추고 티티카카 호수를 다시 내려다본다. 타킬레 섬의 황토빛 흙 색깔은, 섬을 에워싼 푸른색의 티티카카 호수의 파란 물빛과 분명한 대조를 이룬다. 두 색깔이 만들어 내는 대비의 아름다움은 말로 표현하기 힘들다. 높은 곳이기 때문인가. 밭 언덕에 핀 이름 모를 잡초의 꽃마저 무척이

AQUI
CORAZON

나 화려하다. 그뿐이 아니다. 밤이면 하늘의 별이 손에 잡힐 듯 가까워 보인다. 아니 별이 금방 머리에 뚝뚝 떨어질 것 같다. 공기가 맑기 때문이다. 낮에는 햇살이 따갑고 눈이 부셔 그늘을 찾게 된다.

그러나 해가 지면 기온이 뚝 떨어져 추워지기 시작한다. 민박집의 침대에 다섯 장의 두꺼운 담요가 깔려 있다. 그것으로도 불충분하다. 추워 잠들 수가 없다. 가지고 간 옷을 모두 껴입는다. 긴 팔 짧은 팔을 가릴 필요가 없다. 남은 여벌의 긴 바지도 바지 위에 껴입는다. 그제서야 잠들 수 있다. 그러나 아침에 해가 뜨면 다시 옷을 하나씩 벗어야 한다. 기온이 다시 빠르게 올라가기 때문이다.

2천여 명의 주민이 살고 있는 타킬레 섬은 전통을 잘 보존하고 있는 것으로 유명하다. 주민 모두가 전통의상을 입고 다닌다. 남자들은 모두 화려한 색상의 모자를 쓰고 다닌다. 그러나 자기 마음대로 색상을 고르는 게 아니다. 그 모자의 색깔이 자신의 신분을 나타내기 때문이다. 예를 들어 결혼한 사람은 빨간색 모자, 미혼이면 빨간색과 흰색으로 된 모자를 쓰고 다닌다. 이들은 자신의 모자를 스스로 뜨개질한다. 어린아이 어른 할 것 없이 모두가 자신의 모자를 만드는 것이다. 이들은 길을 가면서도 아주 능숙한 손놀림으로 뜨개질을 한다. 이들은 자기 모자를 스스로 뜨개질한다는 데 대해서 무척 자랑스러워한다. 여자들도 화려한 허리띠를 두르고 다닌다. 여자들은 치마로 자신의 신분을 나타낸다. 검정색 치마는 기혼이고, 기타의 색깔 즉 빨간색이나 초록색은 미혼임을 나타낸다.

타킬레 섬은 6킬로미터 길이에 불과한 작은 섬이다. 바다처럼 넓은 호수 위에 떠 있어 더욱 작아 보인다. 이 곳에 사는 타킬레 섬주민들은 자신의 전통을 지키려고 애쓰고 있다. 주위의 섬들뿐 아니라 육지의 문명으로부터도 자신을 지키기 위해 애쓴다. 특히 육지의 현대화 물결로부터도 자신을 지키기 위해서 노력하고 있다. 그래서 그런지 이 섬에 잠시 머물면서 받게 된 느낌은 내 자신의 이질감이다. 한 발짝도 주민 속으로 들어갈 수 없다는 낯선 느낌을 강하게 받는다. 그러나 이들이 배척하는 것은 외지인이 아니란다. 이들이 배척하고자 하는 것은 상업자본의 침투이다. 상업자본에 의한 무절제한 섬의 개발을 경계하자는 것이다. 또 무절제한 관광객으로부터 자신의 삶의 터전을 지키고자 하는 것이다. 이들은 오랜 고민 끝에 자신을 지키는 중요한 방법을 발견했다. 그것은 관광선을 자신들이 소유하고 운행하는 것이다. 그러면 자신을 육지의 문명으로부터 지킬 수 있다고 믿은 것이다.

타킬레 섬 주민들은 주변 섬 주민들과는 다른 언어를 사용한다. 이웃 섬 주민들은 아이마라어를 사용하는 데 비해서 이 곳은 캐추아어를 사용한다. 이들은 또한 주민들 간의 결속력이 아주 강하다. 혼인도 섬 주민들끼리 한다. 중년의 남자가 호수 부근에 움막 같은 집을 짓고 있다. 곧 결혼할 아들을 위해 짓고 있다고 한다. 사진을 찍어도 되겠느냐고 물었다. 잠깐 기다리라고 한다. 그리고는 황급히 빨간색의 꼬깔 모자와 전통의상을 입는다. 이제는 찍어도 좋다고 말한다. 전통의상도 걸치지 않고 사진을 찍는 것은 모욕이라고 생각하는 모양이다.

할머니 한 명이 길을 간다. 나뭇가지 몇 개를 품에 꼭 껴안고 간다. 귀한 보물이라도 되는 듯 꼭 끌어안고 간다. 누가 뺏어가기라도 하는 것처럼 껴안고 길을 간다. 알고 보니 그것은 요리를 할 때 사용할 땔감이란다. 땔감을 다른 곳에서 구해 집으로 가는 길이란다. 섬에 나무가 귀하기 때문에 땔감을 구하기가 쉽지 않다. 기껏해야 섬의 밭 언덕에 자라는 조그마한 잡목이 전부이다. 그래도 이들이 살 수 있는 것은 음식이 아주 간단하고, 난방을 하지 않고 살기 때문이다.

나이가 지긋한 분이 자기 집에 들어와 보란다. 나이가 든 분이 손으로는 연신 뜨개질을 하고 있다. 무척 능숙한 손놀림이다. 할아버지가 뜨개질하는 것은 우리에게는 낯설다. 뜨개질 뭉치를 잠시 내려놓는다. 그리고는 창고에서 옷을 한 벌 꺼내더니 나보고 입어보란다. 아주 잘 어울리니 사라고 한다. 색상이 너무 화리하어 입기에는 부담스럽다. 흰 낡은 윗노리를 또 꺼내너니 할아버지가 입딘 것이란다. 아주 오래 된 것이니 사라고 또 권한다. 죽은자의 옷을 사다니 어디 말이 되는 소리인가. 얼른 그 집을 나와 버린다.

골목길에는 꼬마들이 고개를 빼꼼이 내밀고 낯선 관광객을 관찰한다. 또는 담벼락에 기대어 물끄러미 바라본다. 따가운 햇살에 피부는 그을어 거칠다. 어린 소녀들도 성인들처럼 검은 수건을 머리에 쓰고 있다. 여기 아이들의 눈길도 아주 강하다. 눈이 부딪히면 내가 눈을 피하는 수밖에 없다.

티티카카 호수. 그 곳은 시간이 멈추어 있는 곳이다. 원시적 신비를 간직한 곳이다. 하늘, 땅, 물 ― 모두가 원형의 자연을 보존하고 있다. 하늘을 쳐다보고 땅을 바라보면 우리는 곧바로 태곳적 신비의 세계로 되돌아간다. 이 곳에 사는 사람들은 문명 세계 이전의 모습으로 살아가고 있다. 시간이 멈춰 있는 곳이다. 그래서 자연도 인간도 모두 태곳적 신비와 원시적 아름다움을 간직하고 있는 것이다.

후기

이 책에 실린 사진은 대단한 것이 아닐 것이다. 그러나 필자에게는 더없이 소중한 사진들이다. 필자의 경험과 생각을 사진으로써 표현한 것들이기 때문이다. 그나마 이 정도의 사진을 찍고 인화를 할 수 있었던 것은, 다음 세분의 가르침 때문이다. 세분의 선생님께 이 작은 책을 바친다.

인도 여행길에서 임양환 형을 만났다. 뜻하지 않는 곳에서 만난 임형 덕분에 필자는 사진 세계로 빠져들게 되었다. 상명대학 사진과 교수로 재직 중인 이 분의 자상한 가르침으로, 사진의 매력에 흠뻑 젖어들게 되었다. 임형과 함께 떠난 미국·중국 등으로의 사진 여행길은 필자에게 더 없이 귀중한 시간이었다. 이 분을 만나지 않았더라면 지금도 니콘 F 501에 시그마 35-300mm 줌을 달고 편안하게 사진을 찍고 있었을 것이다. 이분을 만난 이후 사진 고민도 생겨나고 사진 가방도 많이 무거워졌다.

한겨레 사진 강좌에서 박광남 형을 만났다. 이분은 필자를 흑백 사진의 세계로 이끌어, 흑백 사진의 신비로움을 깨닫게 해 주셨다. 박형은 필자에게 현상과 인화에 대해서 소상히 가르쳐 주셨다. 또 암실에서 싱싱하게 구워져 나온 사진에 대한 평을 해 주셨다. 이 책에 실린 흑백 사진의 현상과 인화는 이분의 가르침 덕분에 가능한 것이었다.

박광남 형의 암실에서 이준성 형을 만났다. 이분은 정기적인 암실 모임에서 사진에 대한 안목을 더 높여 주셨다. 우리들의 사진에 대한 자상한 평을 통해서, 그리고 사진의 역사에 대한 강의를 통해서 사진에 대한 이해를 더 높여 주셨다. 이 책에 실린 사진을 선별해 주시고 사진 해설도 해 주셨다. 필자의 전시회를 위해서는, 화랑 선정에서 사진 선별까지 아낌없는 지도를 해 주셨다.

이번 페루 여행에는 수많은 분들의 도움을 받았다. 너무 많은 분들의 도움을 받아 그분들 모두를 거론할 수 없을 정도다. 준비단계에 많은 도움을 주신 고려대 서문과 선생님들, 페루 여행길에서 갖가지 도움을 준 수많은 사람들, 그리고 기꺼이 사진 모델이 되어준 수없이 많은 페루 사람들 – 이루 말할 수 없이 많은 분들의 도움을 받아 이 사진이 만들어졌다. 그 중에서도 리마의 석휘재 형과 이키토스의 파블로 형은 결코 잊을 수 없을 것이다. 석형을 만나지 못했다면 페루 전체를 아우르는 사진을 찍을 수 없었을 것이다. 또 이키토스의 파블로 형을 못만났더라면, 아마존 밀림의 사진은 불가능했을 것이다.

마지막으로 작가 출판사의 손정순 사장님께 감사드린다. '세상 물정 모르는' 그분이 아니었다면 필자의 사진은 결코 빛을 보지 못했을 것이다.

이 모든 분들에게 깊이 고개 숙여 감사드린다.

2005년 3월
이 기 식